SARAH MICHELLE

Sex mal Tango

Buch

Sieben prickelnde Geschichten, in denen sich alles um die Exotik und die Erotik des Tangotanzens dreht: Da ist zum Beispiel Marita, die seit Jahren mit Paul verheiratet ist. Um ein wenig Schwung in das Eheleben zu bringen, besuchen die beiden einen Tanzkurs. Doch der Tangolehrer Manuel will Marita nicht mehr aus dem Kopf gehen: Seine Bewegungen sind so sinnlich und geschmeidig wie die einer Raubkatze. Jede Berührung von ihm lässt sie erschauern, und nichts wünscht sie sich so sehr, wie einmal allein stundenlang mit Manuel zu tanzen. Doch ihr Mann Paul wacht eifersüchtig über sie, und während der Tanzstunde im »La Tanguera« beobachtet er jeden ihrer verlangenden Blicke – bis Paul plötzlich einen gewagten Entschluss fasst ...

Ins »La Tanguera« zieht es auch Henrik, denn dort findet jeden Abend ein Tangoabend statt. Schon seit einiger Zeit fällt ihm immer wieder eine Frau auf: Rosalie, die den Tango mit einer nie geahnten Leidenschaft tanzt. Bisher genügte es ihm, sie Abend für Abend anzuschauen, doch heute will Henrik diese Frau um jeden Preis verführen ...

»Sex mal Tango« erzählt von lustvollen, frivolen, mal gewagten, mal sinnlichen Begegnungen zwischen Männern und Frauen, die eine Leidenschaft vereint: das Tangotanzen. Die Geschichten entführen in eine Welt der Liebe und der Lust, und die wunderschönen erotischen Szenen versprechen höchsten Lesegenuss.

Autorin

Sarah Michelle ist ein Pseudonym. Die Autorin lebt im Rheinland, und die vorliegenden erotischen Geschichten sind ihr zweiter Erzählband.

Von Sarah Michelle außerdem bei Portobello lieferbar:

Sieben mal Sex. Erotische Geschichten (55492)

SARAH
MICHELLE

SEX MAL TANGO

Erotische Geschichten

PORTOBELLO

FSC
Mix
Produktgruppe aus vorbildlich
bewirtschafteten Wäldern und
anderen kontrollierten Herkünften

Zert.-Nr. SGS-COC-1940
www.fsc.org
© 1996 Forest Stewardship Council

Verlagsgruppe Random House FSC-DEU-0100
Das für dieses Buch verwendete FSC-zertifizierte Papier
Holmen Book Cream liefert Holmen Paper, Hallstavik, Schweden.

Portobello Taschenbücher erscheinen im Goldmann Verlag,
einem Unternehmen der Verlagsgruppe Random House GmbH

Einmalige Sonderausgabe März 2008

Umschlaggestaltung: Design Team München
Umschlagfoto: Tertia Ebert
Druck: GGP Media GmbH, Pößneck
NG · Herstellung: WE
Printed in Germany
ISBN: 978-3-442-55521-5
www.portobello-verlag.de

10 9 8 7 6 5 4 3 2 1

Inhalt

Für den Tänzer in seinem Turm

Samstag

Marita sitzt nackt auf der Bettkante. Sie zögert einen Augenblick, bevor sie das seidige Nichts des Nylonstrumpfes über die lackierten Zehen stülpt, es behutsam über Ferse und Knie hinauf zum Oberschenkel zieht, bis der dünne Stoff wie eine zweite, schimmernde Haut auf ihrem Bein liegt. Zufrieden betrachtet sie ihr Werk. Sie weiß, dass Paul sie von seiner Seite des Bettes aus beobachtet. Paul schaut sie schon eine Weile an. Doch es kribbelt nicht mehr so wie früher auf ihrer Haut.

Marita hebt das rechte Bein in die Luft, um auch den anderen Strumpf anzuziehen.

»Du trägst diese Strümpfe sonst nur, wenn wir abends ausgehen«, sagt Paul leise.

Beiläufig wirft sie ihm einen Blick zu. Paul ist auf seine Weise ungewöhnlich wach. Er weicht ihren Augen nicht aus. Im Gegenteil, er scheint tiefer in sie eindringen zu wollen, um in ihrem Inneren nach etwas zu suchen.

Das ist neu an ihm, und es beunruhigt sie für einen Augenblick. Aber diese Sekunden, die sie beunruhigen, gibt es häufiger in der letzten Zeit. Kurze Momente, in denen das Ende einer Leidenschaft zu erkennen ist.

Marita ist sich nicht sicher, ob sie das Ende wirklich will, daher senkt sie den Kopf, prüft gewissenhaft mit beiden Händen den Spitzenrand der Strümpfe, als wäre er von besonderer Bedeutung. Dann steht sie auf und zieht den schwarzen Rock an, den, der über den Knien schräg geschnitten ist.

»Du willst ihm gefallen!« Es klingt nicht einmal wie ein Vorwurf. Nur der Klang seiner dunklen Stimme bohrt sich empfindlich in ihren Körper.

Sie weicht dem unangenehmen Gefühl aus, bückt sich, und greift nach einem schwarzen Oberteil, das sie sich vor die Brüste hält, als ob es sie schützen könnte.

»Sei nicht albern«, sagt sie. »Warum sollte ich ihm gefallen wollen? Manuel ist unser Tangolehrer. Nichts weiter.«

»Eben!« Paul stützt sich auf die Ellenbogen. »Manuel ist jung, er ist schön und nur unser Tangolehrer. Du könntest also deine Jeans tragen.«

»Du bist verrückt.« Marita schüttelt den Kopf und will darüber lachen, doch das geht nicht. Allein der Gedanke an eine Jeans ist unmöglich. Manuel ist niemand, dem sie in Jeans begegnen möchte. »Du solltest dich fertig machen, sonst ist es ohnehin zu spät.« Sie wirft das Oberteil aufs Bett und sucht ein anderes.

»Zu spät für das Anziehen oder für das Ausziehen?« Seine Augen greifen nach ihren Brüsten und streifen über ihre nackte Haut.

Im Spiegel der Schranktür beobachtet Marita, wie Paul mit Schwung die Decke zur Seite schlägt und aufspringt. Er ist immer noch schmal und sehr beweglich, trotz seiner fünfzig Jahre. Mit drei Schritten ist er hinter ihr. Er schiebt ihren Rock hoch, und sie spürt seinen aufgerichteten Phallus an ihrem nackten Hintern.

»Du willst diesen Jungen, nicht wahr?«

Marita versucht ihrem Mann zu entkommen, aber seine Arme sind schneller, umschlingen sie und pressen sie an seinen Körper. Sie bemerkt seinen vertrauten Geruch, eine Mischung aus Aftershave, Schweiß und Schlaf und wieder, wie so oft in letzter Zeit, ist ihr das alles zu nah.

Viel zu nah.

»Du willst Manuel!« Paul murmelt es in ihr Haar, küsst dabei ihren Hals, murmelt den Satz noch einmal in ihr Ohr, während seine Hand über ihren Bauch hinab zu ihrer Möse rutscht.

»Diese süße Muschi will einen anderen Schwanz, einen jungen Schwanz, komm, sag es endlich, dass du den Mann begehrst!« Seine Hand presst ihr Geschlecht zusammen wie eine Zitrone. »Da, in diesem Loch willst du ihn haben. Ich weiß es. Ich rieche es. Ich sehe es dir an, wenn du mit ihm tanzt und deine Hüfte gegen ihn drückst.« Pauls Stimme brennt ihr im Nacken. Vergeblich versucht Marita den Kopf wegzudrehen.

»Ich kann es sogar fühlen, deine Muschi wird ganz nass, nur weil ich von ihm rede. So nass war sie bei mir schon lange nicht mehr.«

Pauls Finger tasten den äußeren Rand ihrer Vagina ab, dann fahren sie in ihrer Spalte unruhig hin und her, berühren flüchtig die kleine Spitze und tauchen erneut tief in den klebrigen Saft ein.

»Meine Frau ist geil auf einen anderen Mann.«

Pauls dunkle Stimme umnebelt ihre Sinne, und ihr Körper wird weich. Vor ihren Augen sieht sie Manuel, seine geschmeidigen Bewegungen und seine Arme, wenn er sie beim Tango festhält. Und sie spürt Pauls Finger, die sich in ihr bebendes Loch schieben, fühlt seinen harten Schwanz an ihrem Hintern.

Sie müsste es leugnen, diese Sache mit Manuel! Das weiß sie. Sie müsste alles abstreiten, Paul beruhigen und ihm sagen, dass alles nicht wahr sei. Aber das kann sie nicht, denn Manuel hat sich längst in ihren Kopf, ihren Körper und ihre Träume geschlichen. Heimlich und lautlos ist er in sie eingedrungen – nicht körperlich, denn dazu ist er zu unerreichbar. Nein, es ist ihm mit dem Tanz gelungen. Mit jedem Schritt, den er mit ihr gemeinsam über das Parkett glitt, fing er sie ein und führte sie von Paul und ihrem Leben weg. Und nicht ein einziges Mal kam er ihr dabei näher als nötig. Marita ist sich sicher, dass es diese schmerzliche Mischung aus Nähe und Distanz ist, die sie so willenlos macht.

»Du willst ihn von hinten! Ich kenne dich! Am Anfang magst du es immer von hinten.« Paul zieht seine Finger aus ihr heraus und beugt sie behutsam nach vorn.

Marita beobachtet sich im Spiegel und ist sich selbst fremd, genauso wie der Mann hinter ihr, dessen Haut sie Zentimeter für Zentimeter kennt, dessen alterndes Gesicht für sie einmal Liebe bedeutete. Vor ihren Augen verschwimmt das Gesicht und wird zu Manuels Antlitz, jung und schön. Dann schließt sie die Augen und spürt den harten Stoß, mit dem Pauls Stab sie aufspießt.

Paul verliert keine Zeit: Sein ganzer Körper scheint in sie einzudringen. Er ist erbarmungslos wie nie und jagt ihr den Schwanz in das Loch, als wolle er sie auseinander reißen. Sie spürt seine Leidenschaft und seine Wut, die neu an ihm ist und die sie erregt.

»Du willst also von ihm gefickt werden.« Pauls Stimme ist jetzt so rau wie seine Hände, die ihre Brüste zerreiben. »Das kannst du haben, dass er dich fickt. Da nimm es!«

Seine Stöße tun ihr weh. Sie will schreien, aber der Schwanz in ihr lässt es nicht zu. Er treibt sie vorwärts, atemlos, immer näher an den Gipfel. Der Schmerz beginnt sich in ihr zu wandeln und steigert ihre Lust. Marita kann nicht anders, aus ihrem tiefsten Innern stöhnt sie laut auf und fühlt die Wellen näher kommen. Eine immer höher als die nächste. Die beiden Männer in ihr, der junge und der alte, verschmelzen zu einem einzigen Gesicht, einem Körper, einem Phallus.

»Nimm mich«, murmelt sie, »nimm mich tiefer.«

Paul stößt so tief er kann in sie, einmal, zweimal, dann zieht er plötzlich mit einem Ruck den Stab aus ihr heraus, als habe er sich an ihr verbrannt, und lässt sie los.

»Nein«, sagt er leise. »So wird das hier nichts.«

Marita schwankt, sie verliert den Halt und fällt auf die Knie. Keuchend starrt sie ihn an. Sie will etwas sagen und ihre Gier befriedigen, doch da sieht sie im Spiegel wieder den alternden Mann und hält abrupt inne.

Pauls Gesicht, dieses liebe warme Gesicht, das sie so gern in ihre Hände nimmt, zerfließt vor ihren Augen. Seine Schultern wirken zerbrechlich, und selbst sein Phallus, der genauso unbefriedigt zuckt wie ihre Möse, hat mit einem Mal etwas sehr Hilfloses.

»Zieh dich an«, sagt er, »sonst kommen wir zu spät.«

Der Druckknopf an den Tanzschuhen macht Schwierigkeiten. Er rutscht nicht sofort herein, weil ihre Hände zittern. Marita beugt sich noch weiter vor und versucht es noch einmal. Sie weiß, dass Paul sie beobachtet.

Seit sie die Tanzschule betreten haben, klebt sein Blick an ihr wie ihre Schenkel, die sich feucht aneinander reiben. Er hat ihr gesagt, dass er sehen will, was sie mit Manuel treibt, und darauf bestanden, dass sie ohne Slip und ohne BH geht. Nur die Bluse, der Rock und die Strümpfe. Sie ist noch nie ohne Slip ausgegangen, und das Parkett erscheint ihr mit einem Mal eine Spur zu glatt. Sie sollte nicht hier sein, nicht in diesem Zustand, nicht mit Paul. Das Ganze ist absurd.

Manuel steht am CD-Player, fünf oder sechs Schritte von ihr entfernt. Er sucht nach einem passenden Tangolied.

Marita fragt sich, ob seine geraden Schultern, an die sie sich anlehnen möchte, es wert sind, ein anderes Leben zu leben. Ein Leben, das ebenso jung ist wie sie selbst, dreißig, vielleicht fünfunddreißig.

Aber Manuel kommt nicht wie sonst auf sie zu. Er zögert diesmal und schaut sie auch nicht an, sondern bleibt bei Paul stehen und redet mit ihm über die letzte Figur, die er ihnen vergangene Woche gezeigt hat.

Maritas Augen streifen die Fotos an den Wänden, betrachten die tanzenden Paare in erotischen Posen. Sie will sich ablenken, aber das ist nicht einfach, wenn sie mit Manuel in einem Raum ist, und so gleitet ihr Blick wieder zu seinem T-Shirt, das sie so gern an ihm sieht. Der schwarze Stoff liegt eng an seinem Körper und betont seine Arme, den flachen Bauch und die schmalen Hüften.

In ihrer Phantasie hat sie Manuel das T-Shirt schon oft ausgezogen, heimlich und immer wieder, doch jedes Mal fängt der Traum auf dieselbe Art an. Auf einer Wiese zwischen Butterblumen und wilden Margeriten zieht sie ihm immer zuerst dieses T-Shirt aus und dann die schwarzen, zierlichen Tanzschuhe. In ihren Träumen trägt Manuel immer Tanzschuhe, weil sie sich ihn nicht mit anderen Schuhen vorstellen kann. Dann knöpft sie seine Hose auf, zieht sie über die langen Beine herab und zerrt, ein bisschen ungeduldig, seinen Slip herunter. Erst wenn er völlig nackt im Gras liegt, und sie ihn eine Weile betrachtet hat, beugt sie sich vor, um ihn zu küssen. Sie küsst seine Augen mit den seidigen, hellen Wimpern, die stets sofort verschleiern, wenn sie ihn im wirklichen Leben anschaut, ganz so, als wolle er das tiefe dunkle Blau seiner Seele vor ihr schützen. Dann küsst sie seine Nase mit den kaum sichtbaren Sommersprossen und schließlich seinen Mund. Wenn sie dann mit ihrer Zunge vorsichtig nach der seinen tastet, dann wird er in ihrem Traum lebendig. Dann kann sie seine Hände spüren, die sie zärtlich an sich ziehen, sie festhalten, sie – »Marita!«

Irritiert schaut sie auf. Paul, nicht Manuel, hält ihr die Hand hin.

»Können wir anfangen?«

Sie nickt.

Zögernd legt Paul den Arm um sie. Sein sonst so geschmeidiger Körper wirkt hölzern und hart. Steif dreht er sie vor sich her und führt sie ein paar Schritte zu der traurigen Melodie, die durch den Raum hallt.

Marita sucht über Pauls Schulter hinweg Manuels

kontrollierenden Blick. Aber heute verfolgen seine Augen nur ihre Füße. Sein Gesicht ist ausdruckslos, ist es sogar noch, als er sich neben ihr niederkniet, und mit der linken Hand ihr Fußgelenk umfasst.

»Die Zehen müssen immer in Tanzrichtung zeigen«, sagt er und dreht ihren Fuß leicht nach vorn. Sein Atem streift warm an ihrem Strumpf entlang.

Marita hält inne. Er müsste ihr feuchtes, nacktes Fleisch riechen.

Manuel hält ihren Fuß immer noch fest – zu lang für eine harmlose Schrittkorrektur.

Auch Paul bemerkt es, denn seine Rückenmuskeln verkrampfen sich noch mehr.

»Paul, du musst zurückgehen«, fordert Manuel ihn auf, während seine Hand über Maritas Knöchel ein Stück nach oben fährt, bevor er sie schließlich loslässt. »Du musst Marita den Weg frei machen, sonst wird sie nicht tanzen können und dich beim nächsten Kick mit ihrem Absatz treffen. Du musst mindestens noch einen halben Schritt zurückgehen.«

Manuel richtet sich auf, und Paul kommt der Aufforderung nach. Er geht zuerst einen, dann zwei Schritte zurück. Schließlich lässt er Marita ganz los.

»Ich werde niemandem im Weg stehen«, sagt er und dreht sich um.

Einen Atemzug später fällt die Tür hinter ihm ins Schloss. Der Tanzsaal erscheint Marita auf einmal sehr klein.

»Du hättest die Chance nutzen sollen«, sagt er mit schmalen Lippen. »Sie war einmalig!«

Noch atemlos von dem schnellen Lauf sitzt Marita

neben Paul im Auto, dessen Hände das Lenkrad umklammern, als wollte er es herausreißen.

»Du hättest die Chance nutzen sollen«, wiederholt er und steuert den Wagen auf eine rote Ampel zu. Mit einem harten Ruck hält er an. »Du hättest doch nur den Rock hochziehen müssen, dann hätte er dich schon gefickt. Er ist noch jung. Da reicht der Anblick einer nassen Möse.«

Schweigend lehnt Marita sich zurück. Mühsam versucht sie, ihr klopfendes Herz zu beruhigen. Aber ihr Körper zittert noch zu sehr, und ihre Sinne sind zum Zerreißen gespannt. Einen Augenblick überlegt sie, ob sie nicht wieder aussteigen soll. Sie könnte zu Fuß nach Hause gehen, durch den Park. Ein paar Schritte würden ihr gut tun. Die Ampel ist noch rot.

»Noch kannst du aussteigen und zurückgehen.« Pauls Blick streift ihre Hand am Türgriff. »Nur zu, ich halte dich nicht auf!«

Maritas Hand rutscht von dem dünnen Plastikgriff weg. Es ist auch so schon kompliziert genug, denkt sie. Viel zu kompliziert.

Immer noch ist die Ampel rot. Fußgänger kreuzen die Fahrbahn, ein grüner Mercedes hält neben Pauls Fenster. Marita versucht die Sonne zu sehen, um irgendetwas von dem Leben dort draußen zu verstehen. Sie hält Ausschau nach einer alltäglichen Kleinigkeit, an der sie sich festhalten könnte, aber sie findet nichts. Verzweifelt dreht sie die Scheibe herunter und atmet voller Sehnsucht die warme Sommerluft ein.

»Verdammt, warum hast du es nicht getan?« Paul trommelt mit den Fingern auf dem Lenkrad herum. »Du allein mit ihm auf dem Parkett, das er so wunderbar beherrscht. Vielleicht hättest du es jetzt schon hinter dir, und ich auch.«

»Ich kann es nicht. Nicht so.« Eine Reihe abgerissener Bilder jagen ihr durch den Kopf, die sie kaum ordnen kann: Manuels verständnisloser Blick, als Paul den Saal verließ, eine heillose Verwirrung in seinen viel zu blauen Augen. Die Sekunde, in der er ihre Hand ergriff und festhielt, die Sekunde, in der sie dachte, er würde sie an sich ziehen... und in der er sie dann doch nur sehr eilig durch die Türe schob. Sie versteht es nicht. Sie hat etwas mehr hinter einem Mann vermutet, der den Tango so liebt.

Nachdenklich schaut Marita einem Fremden zu, der langsam mit seinem Hund vorbeigeht, und fragt sich, wie ein anderer Mann in dieser Situation wohl gehandelt hätte. Einer, der vom Tango keine Ahnung hat.

»Du kannst es nicht?« Paul stößt einen Laut aus, der sie aus ihren Gedanken reißt. Dann greift er unvermittelt nach dem Saum ihres Rockes und reißt ihn bis zu ihrem Bauchnabel hoch. Nackt und bloß, wie ein erlegtes Tier, liegt ihr Geschlecht im hellen Sonnenlicht da.

Marita sieht, wie der Fremde, der gerade noch an ihrem Fenster vorbeiging, den Kopf zu ihr dreht und nun verwirrt auf ihre glänzende Möse starrt.

»Du konntest den Rock nicht hochziehen? Und er auch nicht? Das ist ja lächerlich!«

Pauls Stimme dröhnt ihr in den Ohren. Hastig stößt sie Pauls Hand weg. »Bist du wahnsinnig?«, zischt sie und zerrt ihren Rock wieder gerade. »Was fällt dir ein?«

Die Ampel schaltet auf Grün, und Paul gibt so viel Gas, dass die Reifen quietschen.

»Was ist? Bist du plötzlich prüde? Wir haben es früher oft im Auto gemacht, und nie hat es dich gestört, wenn jemand dabei zusah! Selbst beim ersten Mal hat es dich nicht gestört.«

Marita schaut in Pauls versteinertes Gesicht, das mit starrem Blick auf die Straße gerichtet ist, und erinnert sich.

Damals in der Burgallee – das scheint schon so lange her zu sein. Paul hatte den Wagen direkt neben der verwitterten Backsteinmauer geparkt. In der schimmernden Mondnacht sahen die Efeuranken wie dunkle Gestalten aus, die über die Mauer klettern wollten. In der Nähe war ein Tor, durch dessen Gitter man die alte Burg sehen konnte, die seit einigen Jahren ein Museum war. Sie lachten über den Gedanken, es vor einem Museum zu treiben.

»Sex ist ja auch so etwas wie Kunst«, meinte Paul, während sie aus dem Auto stieg, an der Fahrerseite ans Fenster trat und ihren kurzen Rock hochzog. Gierig streckte Paul seine Hand aus dem Fenster und griff nach ihrem Slip, um ihn herunterzuschieben. Schließlich streckte er den Kopf aus dem Fenster, packte ihren Hintern, zog sie näher ans Fenster und begann, ihre Möse zu lecken.

Marita stützte sich mit den Armen auf dem Autodach ab, während ihr Pauls Speichel wie Sperma die Schenkel herablief. Seine Finger wühlten sich in ihr Fleisch, rieben und zupften an ihr, bis er sie irgendwann wegdrückte, die Fahrertüre öffnete und die Beine herausstreckte. Sie sank auf die Knie, um seinen harten Schwanz in den Mund zu nehmen. Der würzige Geschmack machte sie verrückt. Wie eine Besessene leckte sie seinen Schwanz, lutschte und bespuckte ihn, um den tropfenden Speichel wieder einzusaugen. Tiefer und tiefer nahm sie den harten Stab in ihrem Mund auf, so dass Paul sie plötzlich bremsen musste.

»Komm«, flüsterte er, »ich will dich ganz erleben.«

Paul stieg aus und drückte sie auf die noch warme Motorhaube. Zum ersten Mal nahm er sie von hinten. Schnell und hart drang er in sie ein und brachte sie damit fast zum Schreien.

Der brennende Spieß steckte mit machtvollen Stößen ihre Höhle in Brand, brachte das nassgeleckte Fleisch zum Kochen, während sie sich unter den gierigen Händen, die in ihren Hintern krallten, hin- und herdrehte. Da entdeckte Marita plötzlich den Fremden, der an der Mauer vor ihr lehnte.

Der Mann stand ganz dicht vor dem Efeu neben dem schmiedeeisernen Tor, keine drei Meter von ihnen entfernt. Im Mondlicht war seine Erregung deutlich zu sehen. Unruhig fummelte er am Reißverschluss seiner Hose herum, während seine Augen sie verschlangen.

Es waren die geilsten Minuten, die Marita je erlebt hatte. Sie kam sich nackt und ausgeliefert vor, denn es war das erste Mal, dass ihr jemand beim Sex zusah, und sie war plötzlich von dem Wunsch erfüllt, er möge alles sehen, alles!

Auch Paul bemerkte den Mann und lachte leise. »Soll er nur zuschauen, wenn ich dich nehme, dann gehörst du wirklich mir.« Und um das Gesagte zu bekräftigen, stieß er seinen Schwanz noch tiefer in sie hinein.

In diesem köstlichen Augenblick sah Marita den fremden Schwanz und wie eine Männerhand kräftig daran auf- und niederrieb. Der Schwanz des Fremden war kurz und so dick wie eine Adventskerze. Marita glaubte, so etwas würde niemals in ihre Möse passen. Doch allein die Vorstellung, dass er es auch mit ihr treiben und in ihrer Pforte feststecken würde, erregte sie über alle Maßen. Um den Fremden und seine Kerze noch mehr anzufeuern, richtete sie sich auf und zog ihr T-Shirt aus. Sie zeigte ihm ihre vollen Brüste, rieb sie mit ihren Händen und ließ dabei die Finger des Fremden, die in raschen, rhythmischen Bewegungen den kurzen Stab zum Glühen brachten, nicht aus den Augen.

Noch heute hört sie in manchen erotischen Träumen diesen unvergleichlichen Laut, mit dem der andere Mann den Gipfel erreichte. Es war ein dunkles, animalisches Brummen, das ihre Möse heftig zusammenzog, sich in ihr einbrannte und sie mit sich fortriss. Sie sah die hellen Spritzer in der Nacht, spürte gleichzeitig Paul in sich, der wie ein Tornado in ihr tobte und einen Atemzug später in vier, fünf Stößen explodierte.

»Ich komme nicht mit rauf«, sagt Paul. »Ich muss noch nachdenken.« Er hält den Wagen vor der Haustür an, und sein Gesicht wirkt dabei grau und leblos.

Marita nickt. Eine Sekunde lang wünscht sie sich, er würde mit ihr zur Burgallee fahren, um sie dort noch einmal auf der Motorhaube zu nehmen, so wie er es oft getan hat. Sie wünscht sich, die Zeit ließe sich zurückdrehen, zurück zu den Augenblicken, in denen sie sich liebten, bevor der Tango – bevor Manuel – alles verändert hat.

Marita fasst nach dem Türgriff.

»Warte nicht auf mich«, sagt Paul und starrt immer noch gerade aus. »Es könnte spät werden.«

Sie möchte etwas sagen, aber es schnürt ihr die Kehle zu. Als sie die Türe schließt, gibt Paul Gas, als habe er es sehr eilig von ihr fortzukommen. Eine Weile schaut Marita ihm nach. Es ist das erste Mal, dass er wirklich von ihr wegfährt.

»Was tun wir hier?«

»Was schon?«, Paul zerrt sie an der Hand auf die Tanzfläche. »Tanzen, was sonst? Das *La Tanguera* ist das Tangolokal der Stadt, und wenn wir schon Stunden nehmen, sollten wir auch tanzen gehen.«

Marita schaut den bröckelnden Putz an den nackten Wänden, die drei roten Plüschsofas, die am Rande der Tanzfläche stehen, dazwischen die verschiedenen Tische und Stühle aus unterschiedlichen Epochen und den Kronleuchter, der unter der tragischen Melodie des Tangos kaum wirklich strahlen kann, an. »Woher kennst du das Lokal?«

Paul sieht an ihr vorbei, nimmt sie starr in den Arm und beginnt, sie vor sich herzuschieben. »Erinnerst du dich nicht mehr?« Er weicht einem Paar aus, das vor ihnen tanzt. »Manuel hat von dem Laden hier erzählt. Er sagte, dass es sich hier gut tanzen lässt.«

Seit er am frühen Abend zurückgekommen ist, hat Paul sich verändert. Er redet mit ihr nur noch in einer kühlen, sachlichen Weise. Dabei bleiben seine Augen unklar, verborgen hinter einem Schleier aus Distanz, den sie nicht an ihm kennt.

Marita weiß nicht recht, was sie davon halten soll. Er

hat sie bei seiner Rückkehr gebeten, sich hübsch zu machen und mit ihm auszugehen. Sie hat es getan, hat wieder die Strümpfe, den Rock, den, der über den Knien schräg geschnitten ist, ein nettes Oberteil und einen schwarzen Slip angezogen. Paul hat zustimmend genickt und gesagt: »Auf dass es ein schöner Abend wird«. Irgendetwas an diesem Satz hat sie unangenehm berührt, aber sie ist dennoch mit ihm mitgegangen.

Hier in dem Lokal ist Marita sich nicht mehr sicher, ob das die richtige Entscheidung war. Nach einem solchen Tag Tango zu tanzen hat etwas Absurdes und sehr Gefährliches.

Marita betrachtet die anderen Paare. Viele tragen schwarze Kleidung, als wären sie in Trauer. Sie tanzen aneinander geschmiegt, schieben oder ziehen sich leicht gegenseitig über das Parkett, trostlos, traurig, versunken in einer anderen Welt.

Plötzlich entdeckt sie die blonden kurzen Haare. Eine Sekunde lang hofft sie, dass ihre Sinne ihr einen bösen Streich spielen. Aber ihr Herz weiß es besser: Er ist es! Das sind seine geraden Schultern und sein schwarzes, enges T-Shirt, das seinen Körper betont. Manuel bewegt sich langsam, geschmeidig und ebenso versunken wie die anderen.

In seinem Arm schmiegt sich eine junge, blonde Frau an ihn. Mit ihrem Pferdeschwanz und in dem bunten Sommerkleid, das sie trägt, sieht sie so zart aus wie ein kleines Mädchen. Ihre Arme auf seinen Schultern wirken so zerbrechlich, als seien sie aus Porzellan.

Marita beobachtet die junge Frau über Pauls Schulter hinweg und plötzlich will sie, dass diese zarten Arme zerbrechen mögen, ja, dass die ganze Frau wie eine Vase in tausend Scherben laut und klirrend auf dem Boden zerschellt.

»Ich schätze, sie ist fünfzehn Jahre jünger als du, wenn nicht sogar noch mehr«, stellt Paul fest und dreht sich so, dass Marita dem fremden Mädchen in Manuels Arm direkt ins Gesicht sehen kann. »Sie wirkt fast zu unschuldig für diesen Tanz, findest du nicht auch? Eine Kindfrau.«

Wahrscheinlich ist sie auch fünfzehn Kilo leichter als ich, denkt Marita und wendet sich ab.

Paul dreht sich einmal um sich selbst, und wieder muss sie die junge Frau anschauen. Ihre Augen sind geschlossen, ihr Gesicht ist ein wenig blass und um die Mundwinkel herum hat sie einen trotzigen Zug, aber sonst ist sie sehr hübsch.

Manuel scheint das alles nicht zu bemerken. Auch er tanzt mit geschlossenen Augen, hält das Mädchen fest in seinem Arm und drückt es an sich.

Marita kann seine Zärtlichkeit fast spüren. Als würde er sie lieben! Der Gedanke schießt ihr durch den Kopf, und sie erschrickt. Niemals wäre ihr das Wort Liebe für Manuel in den Sinn gekommen, jedenfalls nicht im Zusammenhang mit einer anderen Frau. So sicher ist sie sich bis jetzt gewesen, dass er zu ihr gehörte und dass es deshalb einfach keine Frau in seinem Leben geben konnte. Nicht einmal zum Tanzen.

Marita löst sich aus Pauls Armen, geht an die kleine Bar und bestellt sich einen Rotwein. Ihre Kehle brennt, aber sie will nicht weinen, nicht hier.

»Sie ist jung, sie ist schön, und sie ist Balletttänzerin.« Paul lässt sich neben ihr nieder. »Ich dachte mir, es ist besser, wenn du es mit eigenen Augen siehst.«

Marita nimmt einen großen Schluck von dem Wein und spürt, wie die schwere Flüssigkeit ihr durch den Körper rinnt. Auf einmal kommt sie sich sehr alt vor. In zwei Jahren wird sie vierzig. Wie das schon klingt: vierzig!

Der Rock, der ihre Knie zeigt, ist ihr plötzlich peinlich, ebenso das Oberteil mit dem tiefen Ausschnitt. Alles alberne, krampfhafte Versuche, das eigene Alter zu vergessen.

»Ich möchte gehen«, sagt sie und trinkt den Rest des Weins. »Ich will nach Hause.« Dann sieht sie Paul an. »Woher weißt du das?«

»Ich war am Nachmittag in der Tanzschule, um mich bei Manuel für mein Verhalten heute Morgen zu entschuldigen. Da wurde ich Zeuge, wie sie sich verabredeten. Sie heißt Bella und –«

»Genug.« Marita steht auf.

»Er tanzt wirklich gut.« Einen Moment lang verfolgt Paul Manuels Bewegungen auf der Tanzfläche. »Sie sind ein schönes Paar.« Schließlich dreht Paul den Kopf zu ihr hin und seine Augen brennen sich in ihren Blick. »Es verletzt dich, die beiden so zu sehen.«

Schweigend weicht Marita ihm aus. Da ist eine Traurigkeit in Pauls alterndem Gesicht, die ihr wehtut.

»Lass uns gehen«, bittet sie, denn sie fühlt sich plötzlich sehr müde.

»Du kannst gerne gehen. Aber ich werde noch tanzen. Entschuldige mich.« Sein Lächeln, das er ihr schenkt, ist nicht böse, aber auch nicht freundlich. Es ist ihr einfach fremd.

Marita hat das Gefühl, den Boden unter ihren Füßen zu verlieren, so unmöglich ist der Gedanke an einen

Paul, der nicht mehr wie sonst neben ihr steht. Paul, der immer dort ist, wo sie auch ist, nun allein hier? Sie schaut ihm nach.

Selbstsicher und mit einer Leichtigkeit, die sie einmal so liebte, verbeugt sich Paul vor einer Frau im schwarzen Kostüm. Ihr Haar ist zu rot, um nicht gefährlich zu sein, und zum zweiten Mal an diesem Tag hat Marita das Gefühl, dass Paul sie verlassen wird.

Die Fremde steht langsam auf. Ihre Glieder sind biegsam und weich, sie passen zu seinen Bewegungen. Anmutig lehnt sie sich in Pauls Arm und drückt ihre Wange an seine. Ihre Hüfte drängt sich gegen Pauls Körper, und die beiden beginnen zu tanzen, als hätten sie nie etwas anderes getan. Als Paul auch noch die Augen schließt, wird Marita schlecht.

Der Kellner hinter der Bar lächelt müde und stellt ihr ein zweites Glas Rotwein hin. »Das ist der Tango«, sagt er, »manchmal ist er himmlisch, manchmal teuflisch.«

Der Weg ist dunkel und lang. Ihre Absätze hallen über den Asphalt. Marita hat das Gefühl, innerlich zu zerreißen. Mit dem Taxi ist sie bis an das südliche Ende der Straße gefahren, den Rest des ehemaligen Burggeländes will sie allein zu Fuß gehen. An der dunklen Backsteinmauer entdeckt sie das verwitterte Schild mit der Aufschrift »Burgallee«, das sie noch von früher kennt. Es weckt ein schlechtes Gefühl in ihr, und für eine Sekunde fürchtet sie sich – vor sich selbst und vor dem, was sie vielleicht erwartet.

Die Turmuhr der Burg schlägt ein Mal, als sie weitergeht und in den Weg einbiegt, der zu dem großen Tor führt. Pauls Wagen steht da wie früher am gleichen Platz. Es verletzt sie, aber es wundert sie nicht sonderlich. Paul ist ein Gewohnheitsmensch. Er benutzt immer dieselbe Kaffeetasse und dasselbe Messer. Seit Jahren trägt er dieselbe Uhr, warum sollte er sich für den Sex einen anderen Ort als diesen suchen? Wahrscheinlich ist er schon lange vor ihrer Beziehung jedes Mal hierher gefahren und wird es auch weiterhin immer wieder tun.

Für einen Augenblick bleibt sie stehen, in der Hoffnung, der Wagen würde verschwinden, oder die Szene, die sich dort vielleicht gerade abspielt, ungeschehen machen.

Aber der Wagen bleibt, wo er ist.

Marita atmet tief ein. Ihr ist immer noch schlecht, doch sie muss bis zum Auto weitergehen.

Zwei Stunden hat Paul mit der Rothaarigen getanzt. Zwei Stunden, in denen sich ihre Beine ineinander verschlungen, ihre Hände sich zärtlich umfasst haben. Paul hat alle Figuren mit ihr getanzt, jede einzelne, die er kann, und alles hat funktioniert, wie bei einem Paar, das füreinander bestimmt ist.

Immer wieder hat die Fremde in Pauls Armen laut gelacht. Unpassend in dem Tangolokal, doppelt unpassend, da Paul gewöhnlich seine Späße nur für Marita macht. Dass er mit ihr lachte und offensichtlich Spaß hatte, war weit vernichtender, als die Tatsache, dass er kurz darauf Hand in Hand mit der Frau das Lokal verließ, ohne sich noch einmal umzudrehen.

Auch Manuel war irgendwann zusammen mit dem blonden Mädchen weggegangen.

Aber Manuel spielt jetzt keine Rolle mehr. Ihre Hände

sind eiskalt. Zum ersten Mal hat Marita wirklich Angst, dass sie Paul verlieren könnte. Sie fürchtet sich davor, die Rothaarige gleich aus dem Wagen steigen zu sehen, mit ansehen zu müssen, wie sie vor dem Fahrerfenster ihren Rock hochzieht und Paul ihre nasse Muschi hinhält.

Für einen Moment glaubt sie, im Schattenspiel der Efeuranken die Silhouette der Frau bereits zu erkennen, wie sie sich über die Motorhaube beugt, und Paul in sie eindringt – von hinten, so wie er es liebt und wie sie selbst es liebt.

Marita hört ein leises Stöhnen, und ihr Magen zieht sich zusammen. Vorsichtig wagt sie sich noch ein paar Schritte vor, drückt sich seitlich an der Mauer entlang, um noch näher an den Wagen heranzukommen, ohne gesehen zu werden. Und erleichtert stellt sie fest: Auf der Motorhaube liegt keine nackte, stöhnende Frau. Ihre Phantasie muss ihr einen Streich gespielt haben. Sie duckt sich ein wenig, schleicht bis zu der Stelle, an der damals der Fremde gestanden hat und schaut in das Auto hinein.

Paul sitzt allein da. Keine Spur von der Rothaarigen.

Doch Paul hat seinen Sitz ein wenig zurückgelehnt und starrt vor sich hin ins Leere.

Vielleicht hat die Frau sich auch nur vom Beifahrersitz zur Seite gebeugt und saugt gerade mit ihren rot geschminkten Lippen an Pauls Schwanz.

Kaum wagt Marita zu atmen. In ihrer Vorstellung sieht sie den harten Phallus vor sich, der ihr so vertraut ist und dessen Geruch sie so oft an sich selbst gerochen hat. Sie sieht den fremden Mund, der sich weich und willig darum schließt, und eine Welle von Zorn bricht über sie herein. Sie hält das nicht mehr aus, und auf Zehenspitzen schleicht sie noch drei Schritte heran. Mit klopfendem Herzen späht sie in das Auto hinein. Aber da ist keine Frau! Paul ist wirklich allein.

Ohne eine weitere Sekunde nachzudenken, geht sie um den Wagen herum zur Fahrerseite, hebt wie damals den Rock hoch, befreit sich selbst von ihrem Slip und hält Paul ängstlich die zitternde Möse hin.

Paul starrt sie irritiert an. Erst allmählich begreift er, was er sieht, und kurbelt langsam die Scheibe herunter. Eine scheinbar endlose Weile betrachtet er schweigend ihr Geschlecht, dann streckt er die Hand aus, berührt ihre feuchte, kleine Perle, streift ihre fleischigen Lippen auseinander und dringt schließlich tief mit dem Finger in sie ein. Er zieht sie zu sich heran, streckt die Zunge heraus und leckt ihr die empfindliche Stelle, bis seine Spucke wie Sperma an ihrem Bein herunterläuft.

Marita fühlt die wohlige Wärme, und das Gefühl der Angst weicht langsam zurück. Die lüstern kreisende Zunge scheint alles Bittere in ihr wegzulecken und erfüllt sie stattdessen mit neuem Leben. Weinend drückt sie sich den Lippen entgegen, und ehe sie es sich versieht, beginnt ihr kleines Loch gierig zu pulsieren.

Zögernd öffnet sie die Autotür, und Paul steigt aus. Seine Hose ist offen, sein harter Schwanz pocht vor Anspannung, und Marita weiß nicht, wann dieser Anblick sie zum letzten Mal so glücklich gemacht hat.

Wortlos packt Paul ihren Hintern, beugt sie wie früher über die Motorhaube und dringt mit raschen Stößen in sie ein. Gekonnt treibt er sie auf den Gipfel zu, geschickt, vertraut, ja, für eine Sekunde fast liebevoll. Er spielt mit ihrem Haar, umfängt ihre Taille, als wolle er sie nie wieder loslassen. Schließlich rutschen seine Finger hinab zu der kleinen Knospe und pressen sie sanft.

Marita hält es nicht länger aus, und während sie sich keuchend und stöhnend an ihn drückt, schießt er ihr den heißen Schaum in ihren zuckenden Körper.

Marita sitzt fast nackt auf der Bettkante. Sie hat ein Bein in die Luft gestreckt, zögert einen Augenblick und streift dann den Strumpf vom Oberschenkel hinab über Knie und Verse bis ihre lackierten Zehen sichtbar sind. Paul beobachtet sie von seiner Seite des Bettes aus. Er tut es schon eine Weile, seit sie wieder zu Hause sind.

Paul liegt angezogen auf dem Bett, ein leichter Schatten liegt auf seinen Wangen. Draußen wird der Himmel langsam hell. Marita schmiegt sich an ihn. Sein Hemd riecht nach Tango und Sex, und sie muss lächeln. Die letzten Stunden im Auto waren so wie schon lange nicht mehr. Sie hat das Gefühl, ihren Mann neu gefunden zu haben. Drei Mal hat er sie noch genommen. Er hat einfach immer weitergemacht, hat ihr seinen Schwanz in den Mund geschoben, sie dann von vorn genommen und schließlich sogar hinten. Das hat er noch nie getan.

Marita nimmt seine Hand und legt sie sich auf ihren Hintern. »Ich glaube, es wird eine Weile dauern, bis ich wieder sitzen kann«, sagt sie. »Dort ist noch nie jemand in mich eingedrungen.«

Paul schaut sie müde an.

»Warum ziehst du dich nicht aus?« Sie streicht über sein Hemd, will es aufknöpfen, aber er hält ihre Hand fest.

»Du hast Manuel begehrt, nicht wahr? Für einen Augenblick hast du ihn sogar geliebt, oder?«

Marita küsst Paul auf die Wange. »Ist das nach dieser Nacht noch wichtig?«

»Ja, es ist wichtig« Er greift ihr ins Haar und streichelt sie. »Ich will, dass du es verstehst. Ich meine, richtig verstehst.«

»Das klingt aber sehr ernst«, sagt sie und versucht das unruhige Gefühl, das in ihr erwacht, zu ignorieren.

»Es ist mir auch ernst. Es geht um Susan.«

»Um wen?«

»Die Tänzerin aus dem *La Tanguera*. Ich glaube, ich weiß jetzt, was dir bei Manuel passiert ist. Da ist das Neue, der fremde Körper und die verführerische Lust, ein anderes Leben zu leben als dieses, das man so gut kennt. Ich kann es jetzt verstehen, seit heute Abend.«

»Aber Manuel spielt doch jetzt keine Rolle mehr.« Sie will Paul über die Hände streicheln, aber er zieht sie weg.

»Manuel nicht, aber Susan. Ich möchte mit ihr schlafen, ich will sie erleben, will sie riechen, schmecken und fühlen. Ich will sie lachen sehen und so erleben, wie ich dich irgendwann einmal erleben wollte. Damals, als wir uns begegnet sind.« Er zögert einen Augenblick, dann fährt er fort. » Aber vielleicht ist es auch mehr als nur Sex. Vielleicht steckt ein anderes Leben dahinter. Ich weiß es nicht. Im Augenblick weiß ich nur, dass ich sie ganz will.«

Einen Moment lang hört Marita die Turmuhr in der Ferne fünf Mal schlagen, dann erst fühlt sie die Tränen, die ihr in den Augen brennen. »Und das vorhin im Auto, du hast doch …«

Mitleidig fällt Pauls Blick auf sie, flüchtig, als habe er im Geiste schon seine Koffer gepackt, um zu der anderen zu gehen.

»Vorhin, das war unser Abschied, Kleines«, sagt er leise und berührt zärtlich ihr Haar. »Das war ich dir schuldig. So ist nun mal das Leben mit dem Tango. Aber das muss ich dir ja nicht erklären, das weißt du ja bereits.«

Sonntag

Der weinrote Samt des Abendkleides fällt weich über ihre nackten Brüste, umschmeichelt ihre Taille und liegt so eng an den Hüften auf, dass es unmöglich ist, etwas unter diesem Kleid zu tragen. Deshalb nennt Rosalie es ihr Jagdkleid. Sie trägt es, wenn fremde Männerhände auf ihrem Körper das Einzige sind, was noch hilft. Fremde Hände, die nur auf das Rot reagieren und auf ihre feuchte Haut unter dem Kleid.

Rosalie betrachtet ihr Spiegelbild in einem Schaufenster, an dem sie vorbeigeht. Das Kleid überspielt sogar den traurigen Ausdruck in ihren Augen und lässt ihre Lippen in dem zarten Morgenlicht glänzen, als sei sie ein Mädchen. Sonntagmorgen, denkt sie und ihre Aufmachung erscheint ihr in diesen leeren Straßen plötzlich unpassend und falsch. Genauso falsch, wie der Mann, an dessen Hand sie durch diese Straßen geht. Aber diesen Zweifel gibt es immer: Er gehört zur Jagd wie das Gewehr und die Beute. Nur diesmal hat es länger gedauert als sonst.

Dafür ist die Hand, an der sie geht, sanft und sehr gepflegt, wie auch das Jackett, das er trägt. Seine Schuhe geben ihm eine geschmeidige Eleganz, die sie entfernt ans Tanzen erinnert. Diese Schuhe waren es, die sie fast die ganze Nacht hindurch bis zum Morgengrauen zögern ließen.

»Tanzt er?«, hatte sie Clara gefragt, als die Party sich dem Ende näherte.

Die Freundin hatte mit den Schultern gezuckt: »Ich weiß nicht. Aber sei vorsichtig, Henrik ist gefährlich. Er hat den Charme der grauen Schläfen, und er schwimmt nur so in Frauenherzen.«

Da hatte Rosalie ihrerseits mit den Achseln gezuckt. Sie wollte diesen Mann nicht heiraten.

Und solange er nicht tanzte, sollte ihr alles recht sein. Sie umschließt seine Hand fester. Sie will mit ihm vögeln und in seinen Armen für ein paar Stunden alles vergessen. Dabei stört männliche Schönheit, eingerahmt in graue Schläfen ebenso wenig wie Augen, die sich fremd bleiben, wenn sie sich anschauen.

»Kennst du Strecken-Sex?« Sein Blick spaziert über den Rand ihres Dekolletés, während sie Richtung Luisenplatz gehen.

Er kommt gleich zur Sache. Das spricht für ihn, und es gefällt ihr.

»Strecken-Sex?« Rosalie fühlt ein angenehmes Kribbeln auf ihrem nackten Geschlecht, als sie das Wort wiederholt. »Nein, kenne ich nicht.«

»Gut.« Sein Blick erinnert Rosalie ein bisschen an dunklen Portwein.

Mit der Hand zieht er sie zur Rolltreppe, die in den U-Bahnschacht hinabfährt. »Ich zeig es dir.« Mit einem Schritt tritt er auf der Treppe vor sie und zieht ihren Rock hoch.

Rosalie will protestieren, aber da berühren seine Lippen schon ihre Möse. Wendig und sanft leckt er die winzige Perle, nimmt sie in den Mund und saugt daran.

Ein süßer Schauer jagt ihr über den Rücken. Sie schiebt ihr Becken leicht nach vorn und will die Beine weiter auseinander stellen, aber plötzlich taucht Henriks Gesicht wieder vor ihrem auf. Er tut ganz harmlos, nur seine Zunge, die vorwitzig über seine Lippen fährt, verrät ihr, dass sie nicht geträumt hat.

»Strecken-Sex ist ein Spiel, bei dem es darum geht, die Strecke, die man bis zum nächsten Bett zurücklegen muss, mit möglichst vielen sinnlichen Blitzlichtern zu erhellen«, erklärt er.

»Aha«, sagt sie und reibt die Schenkel leicht aneinander.

»Ja, ohne das Spiel natürlich bis zum Ende zu spielen, denn dann gilt es als verloren.« Und um es ihr noch einmal zu zeigen, streicht er ihr mit der Hand über die rechte Brust, zieht den Stoff weg und züngelt flink über ihre nackte Brustspitze.

Rosalie durchfährt ein leises Zucken, ein schemenhaftes Aufblitzen von ungeahnter Gier, doch ehe sie wieder atmen kann, sitzt ihr Kleid unversehrt an ihrem Körper, und sie sind beide am Fuß der Rolltreppe angekommen. Durch den dunklen U-Bahnschacht weht ein leichter Wind, verfängt sich in ihrem Haar und streichelt ihren Nacken. Ein paar Passanten kommen ihnen entgegen, nehmen die Rolltreppe nach oben. Dann sind sie wieder allein.

»Was ist? Spielst du mit?« Henrik steht ganz nah vor ihr. Seine Hand streicht ihr wie der Wind zärtlich über ihren Nacken, berührt ihren Rücken, gleitet langsam herunter und umfasst schließlich ihren Hintern.

Ihr Herz schlägt wild gegen ihre Brust. Rosalie sucht seinen Blick, aber er schließt die Augen. Eine Weile scheint seine Hand sich auf ihrem Hintern auszuruhen, denn sie fühlt das Gewicht und die männliche Kraft. Die Sekunden vergehen quälend langsam, bis seine andere Hand sich auch auf ihren Hintern legt.

Rosalie wagt kaum zu atmen.

»Manchmal ist aber auch einfach nur schön, die Spannung zu erhöhen«, raunt er und lacht dann leise. Immer noch rühren sich seine Hände auf ihrem Hintern nicht.

Doch plötzlich spürt sie eine zarte Bewegung. Zuerst weiß sie nicht genau, was er da tut, aber dann wird es ihr klar. Langsam zieht Henrik ihren Rock von hinten höher, zieht den Stoff über ihre Knie, hinauf zu den Schenkeln, immer weiter, bis ihr der Wind zart auf ihr nacktes Fleisch bläst.

»Jetzt werden wir jedem deinen nackten Hintern zeigen, jedem, der die Treppe herunterkommt«, murmelt er.

Rosalie spürt seinen Atem an ihrem Hals.

»Und wenn wir dich noch ein wenig nach vorn beugen, kann auch jeder deine Möse sehen, dieses süße, kleine, geile Loch…« Er hält inne und schaut sie an, denn plötzlich sind Stimmen vom oberen Ende der Treppe zu hören.

Die Stimmen kommen näher. Rosalie kann sie deutlich hören. Sie fühlt, wie sie vor Aufregung und Gier nass wird.

Henrik scheint ihre Erregung zu genießen, denn er hält sie fest in seinem Arm, doch ansonsten rührt er sich nicht. Er steht nur da und hält den Stoff über ihrem Hintern hoch. Unter der Anspannung beginnt ihre Möse anzuschwellen und die Pforte klafft auseinander, dehnt sich unter einer Flut von Schleim langsam aus.

Die Stimmen werden lauter, ein Lachen ist zu hören.

Rosalie krallt ihre Hände in Henriks Arme. Die rosige Knospe zwischen ihren Schenkeln pocht derart vor Erregung, dass es schmerzt und ihr die Nässe auf die Beine treibt. Ihr ganzer Körper ist plötzlich von einem prickelnden Kokon umschlungen, der sie auf süße Art gefangen nimmt, und das Einzige, was sie je wieder daraus befreien kann, ist ein lebendiger Stachel aus warmem, festem Fleisch, der sie durchstößt. Sie sehnt sich nach diesem Stachel, will ihn hier und sofort, selbst vor fremden Augen.

Ihr Herz rast. Zärtlich presst sie ihre Hüften gegen die harte Stelle in Henriks Hose, drückt sich so fest dagegen, wie sie kann und reibt gierig darüber. Doch plötzlich lässt Henrik den Rock los und tritt einen Schritt zurück. Im selben Augenblick stolpern ein paar junge Männer über den Bahnsteig, schauen sie neugierig an und albern laut herum, als ahnten sie, was hier gerade beinahe zu sehen gewesen wäre.

»Die hätten sich über den Anblick einer halb nackten Frau gefreut.« Henrik schiebt sie noch ein wenig von sich weg und lächelt zum ersten Mal an diesem Abend. Es ist ein sonderbares Lächeln und erinnert Rosalie an ihr eigenes, trauriges Gesicht, das sie manchmal im Spiegel überrascht.

Für einen Augenblick fragt sie sich, was er eigentlich für ein Mensch ist, was er erlebt hat, welche Jahreszeit er am liebsten mag, und ob er seinen Kaffee mit Milch trinkt. Doch dann verbietet sie sich die Gedanken wieder. Solche Details verwirren nur, wenn man auseinander geht. Das hat sie in den letzten zwei Jahren gelernt.

Die jungen Männer am Ende des Bahnsteigs trinken Bier, lachen und genießen das Ende der Nacht auf ihre Weise.

Das will Rosalie auch. Genießen! Sie streckt die Hand aus, fährt über die harte Wölbung in Henriks Hose und greift vorsichtig zu.

Seine Augen flackern amüsiert. »Lass uns hinten in die Bahn einsteigen, da haben wir mehr Platz«, sagt er, und sie nickt.

Die U-Bahn ist um diese Uhrzeit leer, die Jungs steigen nicht ein und so ist Henriks Hose schon offen, noch bevor er sich auf einem der Sitze niederlässt. Ohne abzuwarten, schiebt er wieder ihren Rock hoch und zieht sie zu sich herab.

Rosalie riskiert einen Blick auf den bebenden Stab, der ziemlich groß und leicht nach links gebogen ist. Dann spreizt sie die Beine. Seine rosige Spitze glänzt vor Erwartung und drückt sich sofort zwischen ihren Schenkeln hindurch in ihr Loch hinein.

Eine Sekunde hält Rosalie inne, kostet diesen Moment aus, in dem er ihre zitternde Pforte passiert und ihr Inneres Stück für Stück ausfüllt. Unbeweglich verharrt sie so auf Henriks Schoß, während der lange Rock wie ein schützender Umhang über ihre und seine Beine hinabfällt.

Der Phallus bringt ihr Erleichterung, einfach weil er jetzt dort fest in ihr steckt. Doch Henrik ist kein Mann, der lange stillhält. Seine Hände liegen bereits auf ihren

Hüften und sanft beginnt er, sie hin- und herzuschieben. Der Stachel in ihr bohrt sich tiefer und erwacht wie ein kleines Tier, das sich voller Lust in ihr reibt.

Die U-Bahn hält an der nächsten Station. Niemand steigt ein.

Rosalies Schenkel umklammern Henrik fester. Der Schwanz beginnt, in ihrem Inneren herumzustoßen, während ihre Hüften nun leicht vor- und zurückwiegen. Sie will noch mehr, deshalb zieht sie sich mit der Linken den Stoff des Kleides von ihrer Brust und hält dem Mann die kleine Himbeere an die Lippen. Seine Zunge zögert nicht, sondern flirrt darüber, leckt und umkreist die Spitze, spielt damit, saugt daran, bis sie zuckt. Rosalie schnurrt wie eine Katze, rutscht auf dem Schwanz auf und nieder, als sei das alles, was in ihrem Leben noch zählt. Die Stöße werden härter, und sie spürt den Reißverschluss seiner Hose auf ihrer Haut.

»Zeig es mir«, flüstert er, und Rosalie hebt den Rock an der Seite ein wenig an. Dann noch ein bisschen mehr, bis man Henriks offene Hose sehen kann und ihre Möse, die auf seinem Schwanz reitet.

Henrik brummt leise. Mit geschlossenen Augen schiebt er sie fast gewaltsam immer wieder herauf und herunter, presst ihr dabei den großen Schwanz jedes Mal tiefer hinein.

Sie hört das schmatzende Geräusch des nassen Fleisches und spürt die ersten Wogen in sich, die sie zu tragen beginnen, und sie wünscht sich, dass dieses geile, nasse, schwindelige Gefühl nie wieder aufhört.

Doch plötzlich packt Henrik ihre Hüften mit festem Griff, hebt sie herunter, wie ein unartiges Kind und stellt sie auf die Füße. Schwankend greift sie nach der

Haltestange gegenüber dem Sitz und schaut ihn fragend an.

»Wir steigen aus«, sagt er atemlos, macht sich umständlich die Hose zu, zieht ihr Kleid wieder über ihre Brust und greift nach ihrer Hand. »Von hier aus ist es nicht mehr weit bis zu mir.«

Wieder fahren sie auf einer Rolltreppe. Rosalie ist noch verwirrt von dem harten Bruch, ihr Körper ist zu aufgewühlt, um in diesem Augenblick einen Halt zu haben. Sie lehnt an Henriks Schulter, denn so schwach hat sie sich selten gefühlt, und ihre Möse wünscht sich verzweifelt seinen Schwanz zurück.

»Du hast einen schönen Mund«, flüstert Henrik mitten in ihr inneres Chaos hinein und in seinen Augen schimmert ein unmissverständliches Bild, das Rosalie versteht.

Eine neue Ordnung, ein neues Spiel. Sie ist erregt genug, um sich darauf einzulassen.

Seinen Schwanz in den Mund zu nehmen, erscheint ihr jetzt hier auf der Rolltreppe völlig normal und so geht sie vor ihm in die Knie, zieht den Reißverschluss wieder über die harte Beule herunter. Sie greift nach dem bebenden Riesen, will ihn gerade aus dem Stoff befreien, als sie jäh innehält. Eine Tangomelodie weht leise die Stufen zu ihr herunter, berührt sie nur sanft wie ein zärtlicher Windhauch, doch das genügt. Henrik und die Rolltreppe verschwinden, das Kleid, das sie trägt, verliert augenblicklich seine Farbe, und sie sieht nur noch Miguels dunkle Augen vor sich. Sie kennt die Melodie, jeden Ton kennt sie auswendig, wie man ein Kinderlied kennt.

»Was ist?« Henrik hält sie fest.

»Da spielt jemand Bandoneon«, flüstert sie. Ihr kommen Tränen, und sie begreift, wie schmerzlich sie jeden einzelnen Seufzer, jeden Freudenton, jeden Hauch von Wehmut, den dieses Instrument erzeugen kann, vermisst hat.

»Na und? Sollen sie uns doch zuschauen, ich will dich. Der Rest ist egal.« Er zieht sie an sich.

Irritiert schiebt sie ihn weg und schaut Henrik an. Er versteht nichts! Wirklich nichts! Aber, wie könnte er auch? Er kennt den Tango nicht, nicht diesen und wahrscheinlich auch keinen anderen.

Amüsiert blickt er auf sie hinab »Oder möchtest du jetzt lieber tanzen, als …?«

»Nein!« Entsetzt weicht sie von ihm, schiebt seine Hand von ihren Hüften, rafft den Rock zusammen und steigt die letzten Stufen nach oben, die ihr plötzlich viel zu langsam rollen.

Das Paar tanzt mitten in der großen Halle der Haltestelle. Es ist eine Art Zwischenstation, von der aus man zu andern Stationen hinabfahren kann, und von der Akustik her für das Bandoneon ideal.

Eine schrecklich lange Sekunde glaubt sie, Miguel dort tanzen zu sehen: Jeder Schritt, jede Bewegung ist ihr vertraut. Die Drehung, die der Mann vor ihr vollzieht, ist fast identisch mit der, die sie selbst tausendmal mit Miguel getanzt hat. Aber es ist nicht Miguel. Der Tänzer ist jünger, sanfter in den Bewegungen und sein Haar ist nicht schwarz, sondern hell wie Weizen im Juli. Seine zierliche Tänzerin wirkt in dem bunten Sommerkleid wie eine Ballerina, die sich im Tanz geirrt hat, auch wenn ihre Schritte auf den Millimeter genau passen.

»Was ist?« Henrik hat sie eingeholt, und zum ersten Mal schaut er sie wirklich an. Seine Augen wirken so traurig wie ihre eigenen.

»Ich gehe nicht weiter«, antwortet Rosalie.

Als habe er sie nicht verstanden, bleibt er neben ihr stehen. Doch Rosalie interessiert es nicht.

Der alte Mann mit dem Bandoneon sitzt am anderen Ende der Halle auf einem Hocker. Seine Augen gleiten zwischen dem Paar und seinem Instrument hin und her.

Rosalie geht auf den Alten zu und mit jedem Schritt, den sie näher kommt, glaubt sie unter ihren Füßen altes, abgeschabtes Parkett zu fühlen, glaubt sie sich wieder in die schummrige Bar versetzt, fern auf der Insel. Nur Miguel ist nicht da.

Als die Melodie endet, schaut der Alte sie erwartungsvoll an. Sein Hut sitzt ihm etwas schräg über den dunklen Augen, sein Haar ist so grau wie sein Anzug, doch auf seinem Gesicht liegt ein heller Schimmer.

»Du hast lange gebraucht, Mädchen, um zurückzukommen«, sagt er und nickt ihr zu, als habe er sie hier erwartet.

»Ich weiß nicht, ob ich zurückgekommen bin, Pablo.« Rosalie betrachtet den Tänzer, der seine Partnerin einen Moment lang loslässt, um ihr ein paar neue Schritte zu erklären.

»Red nicht, du bist doch hier.«

»Das ist nur Zufall, ich komme von …«

Der Alte schüttelt den Kopf. »Nein, Zufall ist es nie! Wenn einer den Tango liebt, kommt er früher oder später immer wieder zurück, weil es ihn einholt, egal, wie sehr der Tango ihn auch verletzt haben mag.«

Rosalie deutet auf den jungen Mann und seine Partnerin. »Sie tanzen nicht schlecht.«

»Hm, er hat etwas von Miguel, nicht wahr? Ich habe Manuel vor einiger Zeit im *La Tanguera* entdeckt. Er kam damals gerade aus Paris, hat bei einigen wirklich guten Leuten gelernt! Und manchmal, wenn wir Lust haben, dann treffen wir uns hier.« Pablo schaut sie an. »Du hast lange nicht getanzt.«

»Zwei Jahre, seit Miguel…« Sie hebt die Schultern und lässt sie wieder fallen. Das alles ist lange her.

Pablo schiebt den Hut ein wenig höher, um sie genauer anzuschauen. »Miguel ist nicht der einzige gute Tänzer, es gibt auch andere. Tango ist niemals nur für einen. Das solltest du doch wissen.«

Rosalie schüttelt den Kopf. »Es war nur für den einen.«

»Das ist Unsinn!« Der Alte angelt nach einem Becher Kaffee, der neben ihm steht und trinkt einen Schluck. »Soweit ich weiß, gilt das für Miguel nicht. Er hat schließlich irgendwann die Blonde mit den langen Beinen geliebt, die, die nichts von ihm wissen wollte, und die den Tango nicht mochte. Und du, du hast Miguel geliebt. Oder liebst ihn sogar noch.« Er wirft einen Blick auf Henrik, der auf der anderen Seite an der Wand lehnt. »Das ist das alte Spiel. So ist das im Leben nun mal!«

Pablo greift mit den Fingern in die Luft, um sie dann mit größter Ruhe wieder auf der Tastatur des Bandoneons abzulegen, als wäre dies ihr natürlicher Platz. Er wendet sich an den Tänzer. »Manuel, Junge, tu mir einen Gefallen. Tanz den nächsten Tanz mit dieser Dame hier. Es wird dir gefallen.« Er lacht leise, während seine Finger die ersten Töne einer Melodie erwachen lassen.

»Nein!« Entsetzt macht Rosalie einen Schritt zurück.

»O doch!« Pablos Augen sind mit einem Mal tiefschwarz. »Tu es, Mädchen! Du willst es doch, willst es seit damals, also mach dir selbst und einem alten Mann die Freude und tanz!«

Mit drei leichten Schritten, die kaum den Boden berühren, ist der junge Mann bei ihr, reicht ihr die Hand und lächelt sie an.

»Hallo, ich bin Manuel.«

Rosalie winkt ab. » Pablo hat nur einen Scherz gemacht.«

»Ich scherze niemals! Also los doch!«, brummt der Alte und seine Finger beginnen nun, rasch auf der Tastatur zu spielen. Rosalie hört die ersten Takte, und ihr Körper gibt der Melodie nach.

»Wollen wir?« Der junge Mann zieht sie an sich.

Vorsichtig legt Rosalie ihm den Arm um den Hals. Ihre Hände zittern. Manuel ist mehr als behutsam, er hält sie, als wäre sie aus Glas. Das wäre Miguel nicht eingefallen.

Sie folgt ihm durch den Grundschritt, tanzt ein paar Ochos und einen Valentino mit ihm und spürt, wie er langsam an Sicherheit gewinnt, wie er mit jeder weiteren Figur sie fester in den Arm nimmt. Sie kann sein Herz fühlen, seinen Atem, der plötzlich tiefer geht, und seine Kraft spüren, die in ihren Körper hineinfließt. Mit jeder Drehung kommt sie ihm näher. Ihre Nacktheit unter dem Kleid bekommt eine neue Qualität, jetzt ist es Lust, nicht mehr nur die verzweifelte Gier eines hungrigen Tieres. Mit einem Mal ist sie wieder eine Frau und ihr Gegenüber ein Mann, und die Melodie des Tangos bindet ihre Körper aneinander, als könnten ihre Seelen durch den anderen hindurchgleiten.

Hör auf, hämmert es in ihrem Innern. Das ist nicht Miguel. Nichts lässt sich wiederholen.

Und doch brennt in ihr dieselbe Sehnsucht und dasselbe Verlangen wie damals, nur dass ein anderer Mann, ein anderer Duft, ein anderes Lied, zu dem sie tanzt, sie geweckt haben.

Doch Rosalie will diesem verlockenden Gefühl von unendlicher Nähe nicht nachgeben. Sie versucht, sich mit einer Drehung aus den Armen des Mannes zu winden, doch er lässt es nicht zu. Stattdessen hält er sie fest und macht eine neue Tanzfigur daraus.

Die Melodie des Tangos wird schneller, als habe Pablo ihren Kampf bemerkt und die Musik ihrer erwachten Leidenschaft angepasst. Wieder dreht sie sich, da nutzt Manuel ihren offenen Schritt, drückt seinen Schenkel zwischen ihre Beine, so weit es das Kleid zulässt und der Griff, mit dem er sie nun umschlingt, presst ihre Brust an sein Herz, dass sie kaum atmen kann.

Noch eine Drehung und Rosalie weiß, sein Körper ist in ihrem: Nur mit seinem Tanz ist er in sie eingedrungen, füllt sie nun aus und reibt sich an ihrer Seele, so wie Henriks Schwanz ihr Loch ausgefüllt und sich an ihren Schamlippen gerieben hat. Manuel durchdringt ihre Nacktheit, ohne diese wirklich zu berühren.

Die plötzliche Stille lässt sie innehalten. Die Musik ist zu Ende. Ein, zwei, drei Sekunden vergehen, und nur zögernd lässt Manuel sie los. Ein paar Leute, die zu dieser frühen Stunde zur U-Bahn wollen, sind stehen geblieben und zerstören mit ihrem Klatschen den Zauber des Augenblicks.

Rosalie braucht einen Moment, um sich wiederzufinden.

Manuel schaut sie an. Seine Augen sind blau und für einen Moment sehr tief. Dann nickt er kurz und geht wortlos hinüber zu der Ballerina im Sommerkleid.

Alles anders, denkt Rosalie.

Das rote Kleid liegt auf dem Boden wie eine Schlangenhaut, die nicht mehr gebraucht wird. Rosalie hat die Rollläden heruntergelassen, Kerzen angezündet und liegt nackt auf ihrem Bett.

In den Händen hält sie die Zeichnungen, die sie von Miguel gemacht hat. Die letzten Bilder, die sie überhaupt gezeichnet hat. Seit Miguel fort ist, hat sie keinen Stift mehr angerührt. Die erste Zeichnung ist von dem Tangofestival auf der Insel. Eine Weile betrachtet sie den strengen Zug in seinem Gesicht und die weichen Lippen, die immer in einem eigenwilligen Kontrast dazu standen. Sie denkt daran, wie er sie das erste Mal geküsst hat. Ein bisschen zu hart, aber vielleicht fand sie gerade das so anziehend.

Damals war sie eigentlich nur in die kleine Finca gefahren, um Ruhe zu finden und zu malen. Doch eines Tages tauchte der Besitzer der Finca mit einer Flasche altem Sherry auf und fragte sie, ob sie etwas dagegen hätte, für ein paar Tage einen jungen Mann im Gästezimmer unterzubringen. Der junge Mann, so fuhr der Besitzer fort, würde an einem Tangofestival in der angrenzenden Stadt teilnehmen und wegen der Touristen und des Festivals gäbe es im ganzen Ort kein einziges Zimmer mehr. Nach dem Fest, so versicherte er, würde der Tänzer sofort wieder verschwinden.

Rosalie war nicht gerade begeistert von dem Vorschlag. Die Vorstellung, jemanden zwischen ihren Farben und den Leinwänden herumstolzieren zu sehen, behagte ihr nicht. Schließlich hatte sie die Finca gebucht, um ungestört zu sein.

Aber dann fuhr der alte Jeep die Auffahrt herauf, und Miguel stieg aus dem Auto. Geschmeidig und schön ähnelte er einem schwarzen Panther, und sein Blick begegnete ihrem mit einer Selbstverständlichkeit, die sie herausforderte. Sein Lächeln war nur angedeutet, doch sie wusste, er wäre ein perfektes Modell – nicht nur für ihre Bilder.

Rosalie betrachtet die nächste Zeichnung: Miguel, wie er aus der Dusche kommt. Das Handtuch lässig über den Schultern, das nackte aufgerichtete Glied, lang, grazil und herausfordernd. Sie streicht mit dem Finger über die gezeichnete Eichel. Selbst wenn sie diesen Schwanz nur anschaut, überkommt sie wieder die Lust, ihn in den Mund zu nehmen und ihn leer zu saugen. Mit der Zunge über die geschwollene Ader zu tupfen war ihr ein Genuss, den sie immer noch kaum beschreiben kann. Sie will an dem Schwanz knabbern, wie an einem Maiskolben, so wie sie es unzählige Male getan hat, und dann diese köstliche milchige Flüssigkeit trinken, dieses süße herbe Zaubermittel, das ihre Sinne berauschte wie ein geheimnisvoller Likör.

Bereits am ersten Abend, als sie zusammen auf der Terrasse Wein tranken, erwachte in ihr der Wunsch, zu sehen, wie er den Reißverschluss seiner Hose öffnet. Zunächst war es einfach die Künstlerin in ihr, die eine Bewegung sehen und einfangen wollte. Aber nach dem fünften oder sechsten Glas gestand sie sich ein, dass sie es nicht nur sehen, sondern wirklich erleben wollte, und so bat sie ihn einfach darum.

Miguel zögerte eine Weile, und sie glaubte schon, etwas Falsches getan zu haben. Schließlich ist es nicht üblich, einen fremden Mann dazu aufzufordern, den Reißverschluss seiner Hose aufzuziehen, nur weil man das beobachten will. Doch schweigend nahm er den dünnen Metallstift zwischen Daumen und Zeigefinger und zog ganz langsam daran. Er war nackt unter seiner schwarzen Jeans. Mit gierigem Blick verfolgte sie, wie er mit der linken Hand die feingliedrige Schlange für sie herausholte, und sie ihr hinhielt mit einem amüsierten Blick, den sie nie vergessen würde.

Der Anblick dieser Schlange zwang Rosalie auf die Knie. Sie nahm das noch biegsame Teil in den Mund, lutschte daran, bis es hart wurde, und schluckte es so tief, bis sie fast daran erstickte. Aber sie wollte es so, irgendetwas in ihr war sofort süchtig danach.

Erst sehr viel später, erst, als sie jede Faser seiner Haut kannte, ging sie dazu über, ihn auch zu zeichnen.

Miguel gewann das Tangofestival und hatte nichts mehr zu tun. So blieb er mit ihr die restlichen drei Monate auf der Finca. Wenn sie ihn nicht gerade malte, dann brachte er ihr den Tango bei, oft tanzten sie vier oder fünf Stunden, bevor sie sich auf der Terrasse liebten.

Eine andere Zeichnung zeigt ihn, wie er sich selbst den Schwanz reibt.

Manchmal mochte er es, sie einfach mit dem weißen Schaum zu bespritzen, egal, was sie gerade tat. Er bespritzte sie besonders gern, wenn sie gerade malte, dann konnte er die Finger nicht von sich lassen, und sie konnte die Augen nicht von ihm lassen und hielt die kostbaren Sekunden auf dem Papier fest.

Meist setzte er sich vor sie, rieb diesen wendigen Schwanz geschickt zwischen seinen Fingern, bis der Stab sich aufbäumte und schoss ihr dann das weiße, süße Gift auf die Brüste, auf ihr Kleid, auf ihre Möse oder auf die Zunge, je nach dem, wonach ihm der Sinn stand, und was sie gerade anhatte. Und sie malte es immer und immer wieder.

Sie liebte seine Art, die Dinge so unkompliziert zu sehen. So schob er beispielsweise hin und wieder die Reste vom Abendessen beiseite, hob sie auf die hölzerne Tischplatte und nahm sie zwischen den brennenden Kerzen und den Gläsern mit rotem Wein.

Wenn sie in der Badewanne lag, kam er herein, drängte zwei seiner Finger in ihr enges Loch, rieb sie in dem schmalen Gang auf und ab, bis sie in dem warmen Wasser zu zucken begann. Er leckte ihr auch die Möse, wenn sie kochte, seine Zunge perlte über die kleine Knospe, während sie die Nudeln abschüttelte, er trieb sie gnadenlos auf die Spitze, auch wenn der Rest des Essens dabei auf dem Herd verbrannte.

Dass es klingelt, will Rosalie gar nicht hören. Ihr ist nicht nach Besuch. Ihre Muschi ist hungrig und nass von den Erinnerungen und sie will allenfalls Miguels

Schwanz, der sich in sie hineinschiebt. Sonst will sie nichts und niemanden!

Doch das Klingeln hält an und so steht sie auf. Widerwillig und nackt öffnet sie die Tür. Henrik sieht müde aus. Sie hatte ihn irgendwo an der Haltestelle verloren, sie erinnert sich nicht genau wann und wo. Sein Blick gleitet über ihre nackten Brüste, ihren Bauch hinab bis zu ihrer Möse.

Rosalie denkt an die Zeichnungen auf ihrem Bett, an den kalten Vibrator in ihrem Schrank und an ihre Finger, die zur Auswahl stehen. Warum nicht? Da es sich nun mal gerade so ergibt, kann sie sich auch für etwas Lebendiges entscheiden. Sein Schwanz war in der U-Bahn schließlich warm und schön gewesen und seine Hände zärtlich genug.

Schweigend öffnet sie ihre Beine ein wenig, greift dann mit der Hand in ihr nasses Loch und schmiert Henrik die feuchten Finger auf die Lippen. Er lächelt nicht, seine Augen sind traurig wie zuvor, doch er zieht den Reißverschluss seiner Hose herunter und schließt die Tür hinter sich. Er wartet nicht erst ab, sondern nimmt sie gleich im Stehen. Sein Schwanz ist prall und hart, als er in sie eindringt und treibt ihr die enge Pforte mit raschen Bewegungen auseinander. Er hebt sie auf die Hüften, umklammert ihren Hintern und lässt sie drei, vier Mal auf seinem Phallus tanzen. Schließlich geht er in die Knie, legt sie behutsam auf den Boden, wie etwas, das er beschützen möchte. Er hebt ihre Beine hoch, sein Glied gleitet aus ihr heraus, sucht einen neuen Ansatz und ehe sie sich wehren kann, schiebt er ihr das dicke Teil vorsichtig in den Hintern.

Einen Augenblick bäumt Rosalie sich auf, will diesem drängenden Gefühl, das ihren Körper zu zerreißen droht, entkommen. Aber die Lust in ihr, diesen dicken Schwanz im Anus stecken zu haben, ist stärker. Voller Wonne genießt sie es, gedehnt und gestoßen zu werden, und hört Henrik vor Geilheit keuchen. Ihr Körper gibt mehr und mehr nach, das Loch weitet sich unter dem ständigen Reiben, und sie fühlt die Nässe, die über ihr ganzes Geschlecht verschmiert ist. Henriks Finger drücken auf ihre berstende Knospe, quetschen und drücken sie immer wilder, genau wie seine Stöße in ihrem Hintern immer heftiger und wilder werden, bis sie endlich nur noch schreien kann.

»Ich könnte dich lieben«, sagt Henrik mit einem Blick auf die Zeichnung von Miguel. »Du bist anders als die anderen Frauen. Du bist auf eine Art mein Spiegel, mein Gegenüber, bist mir vertraut und doch auch fremd.«

Rosalie erwidert nichts darauf.

Mit seinen traurigen Augen und ohne ein Lächeln geht Henrik zur Tür. »Aber ich tanze keinen Tango. Nicht wahr?«

Sie nickt und schließt die Tür hinter ihm.

An einem Sonntagnachmittag sind die Straßen der Kleinstadt wie leer gefegt. Rosalie hat lange mit dem Zug gebraucht und bleibt nun vor dem gläsernen Gebäude mit der Aufschrift »Miguels Tangoschule – Neue Tanzkurse« stehen. Die Mappe mit den Bildern ist schwer, und sie muss sie loswerden. Es ist der einzige Weg, endlich ein neues Leben anfangen zu können.

Durch die Scheiben kann sie den Panther sehen. Er

trägt immer noch schwarz, denn es unterstreicht seine Strenge, die wendigen Bewegungen, mit denen er den Schülern eine Tangofigur erklärt. Er hat sich nicht verändert. Immer noch schaut er mit diesem herausfordernden Blick, während er die Dame, die mit ihm vortanzt, wie seine Beute umkreist.

Rosalies Herz rast. Sie weiß auf einmal nicht mehr, ob es richtig war, hierher zu kommen. Sie braucht einen Augenblick Zeit und setzt sich auf die Stufen vor dem gläsernen Eingang. Sie öffnet die Mappe und schaut sich die Bilder an, die sie von Miguel gezeichnet hat, als er tanzte. Schwingende Bewegung mit weichen Strichen eingefangen. Miguel beim Valentino mit seiner Partnerin während des Festivals. Beim Ocho, bei der Cunita. Jede seiner Figuren ist perfekt, und seine Bewegungen sind unaufhaltsam und fließend wie eine Melodie.

»Die sind sehr schön.« Ein Herr mit schmalen Schultern, roten Wangen und klugen Augen lässt sich neben ihr auf der Treppe nieder. »Ich brauche eine Pause«, sagt er und schaut auf die Mappe. »Der Junge da drinnen ist ein bisschen zu schnell für mich. Darf ich mal sehen?«

Ehe sie etwas erwidern kann, nimmt er die einzelnen Blätter hoch und betrachtet sie im Licht. »Die sind sehr schön!« Er studiert auch die anderen, die erotischen Bilder, und Rosalie lässt es geschehen.

Die fremde, schmale Schulter berührt ganz leicht die ihre, gibt ihr einen Halt, der sie aufrichtet und dabei nicht einmal irritiert. Willig überlässt sie seinen Augen ihre zu Bildern gewordene Sehnsucht und hält sein Schweigen aus, bis er sie endlich anschaut.

»Die sind gut!«, sagt er mit ernster Miene. »Stellen Sie irgendwo aus?«

Rosalie schüttelt den Kopf.

»Sie sollten darüber nachdenken. Ich habe eine Agentur.«

Rosalie fühlt ihr Herz schlagen, diesmal in etwas anderen Takten, als noch vor ein paar Minuten.

»Ich arbeite mit guten Galerien zusammen. Eine hier in der Nähe, eine in München, drei in Berlin und London und eine in New York.« Wieder gleitet sein Blick über die Bilder. »Ich denke, wir werden es mal mit New York versuchen. Diese Stadt verträgt diesen Sex und diese Sehnsucht.« Er steht auf und reicht ihr seine Karte. »Ich muss wieder rein, meine Frau will unbedingt den Tango lernen.« Er geht ein paar Schritte zurück und wirkt plötzlich größer als Rosalie anfangs dachte. »Melden Sie sich bald bei mir.« Er zwinkert ihr zu. »New York wartet vielleicht! Vergessen Sie das nicht!«

Das *La Tanguera* ist voll wie jeden Sonntagabend. Überall Paare, die sich gegenseitig die Tanzfläche entlangschieben. Es riecht ein wenig nach altem Moder und süßem Parfüm.

Rosalie betrachtet die Plastikrosen im Haar einer Tänzerin und ist froh hier zu sein. Sie genießt dieses leicht verstaubte Flair, den roten Wein und die traurigen Melodien, die ihr plötzlich nicht mehr so sehr viel anhaben können.

Pablo grüßt sie und winkt aus seiner Ecke, in der er immer sitzt, wenn er nicht auf dem Bandoneon spielt.

Der junge Tänzer mit den blauen Augen, der seine

Ballerina an ihr vorbeidreht, lächelt sie an, und einen Augenblick lang ist sie überzeugt, dass auch er ein gutes Modell wäre. Seine Schritte sind weich genug und ergeben fließende Linien, die sich gut treffen lassen.

Während sie ihren Block herausholt und den Stift zurechtlegt, ist sie froh darüber, mit ihm getanzt zu haben. Ohne seine Berührung, ohne seine Art sie für den Tango zurückzugewinnen, hätte sie nie die Kraft gefunden, sich die Bilder anzusehen und zu Miguel zu fahren.

Und auch, wenn sie nicht mit Miguel geredet hatte, so war doch jetzt alles klar.

Die Zeichnungen hatten nun ein neues Zuhause. Eines, irgendwo auf dieser Welt, vielleicht in New York.

Und damit war ihr Herz wieder frei. Sie konnte neue Bilder malen.

Ihr Blick schweift weiter, bleibt an einem anderen Paar hängen, eines, das nicht mehr so jung ist. Die Hände der alten Frau sind mit Netzhandschuhen geschmückt und legen sich wie ein kunstvoller Kragen um den Hals des Mannes. Wange an Wange geschmiegt, gleiten die beiden über das Parkett, und Rosalie denkt, dass es schön ist, nun ein neues Leben beginnen zu können.

Sie nimmt den Block, den Stift, doch ehe sie den ersten Strich ziehen kann, berührt jemand ihren Arm. Henrik wirkt in diesem Lokal ein wenig zu elegant. Der Anzug sitzt zu perfekt, das Hemd ist zu weiß. Doch wenigstens passen die graziösen Schuhe zu dem alten Parkett und lassen ihn für einen Tänzer durchgehen.

»Ich habe den blonden Tänzer gefragt«, sagt er.

»Manuel heißt er, und er meint, es gibt keine hoffnungslosen Fälle beim Tango. Ich hätte gute Chancen mit einer Tänzerin wie dir.«

Rosalie schaut ihn an.

Die grauen Schläfen haben etwas sehr Reizvolles und sein Mund lässt sich bestimmt gut zeichnen, denn er lächelt und diesmal ist nichts Trauriges daran.

Seine Hand streichelt über ihr Haar. »Würdest du mit mir Tangostunden nehmen? Manuel hat morgen Zeit, morgen um drei?«

Montag

Mona lässt die dünnen Träger ihres Nachthemdes von beiden Schultern gleiten. Der seidige Stoff rutscht über ihre Brüste, über ihren Bauch bis auf den Boden herab. Es ist ein angenehm prickelndes Gefühl, nackt da zu stehen und den Wind zu spüren, der über ihre Haut streift, die Spitzen ihrer Brüste liebkost und über das dunkle Dreieck streicht. Sie stellt die Beine ein wenig weiter auseinander, so dass der Wind ihr Geschlecht ganz berühren kann.

Mona atmet tief ein und spürt die kleine Knospe zwischen ihren Schamlippen, die sich der sanften Brise entgegenstreckt, als wäre es eine Hand oder ein Finger, sein Finger, der sie sanft betupft. Sie hat noch nie nackt auf dem Balkon gestanden. Mit Erstaunen stellt sie fest, dass es ihre Sehnsucht ein wenig erträglicher macht. Sie schließt die Augen und genießt ein paar lustvolle Sekunden die Kühle auf ihrem Körper.

Doch die Nacht, die sie seit dem vergangenen Abend schützt, wird nicht mehr lange anhalten. An den Rändern beginnt sie bereits aufzureißen, und der matte Lichtschein am Horizont weckt die Vögel im nahen Garten. Die Zeit, denkt Mona, wartet nie auf ein Gefühl, achtet nicht auf Sehnsucht, die noch immer im

Gestern gefangen ist. Er hat sie wieder eingefangen, so mühelos. Sein Blick hätte wahrscheinlich schon genügt, aber er wollte wohl sichergehen: seine unerwartete Geste, mit der Hand ihre Schulter zu berühren, und die Aufforderung zum Tangotanzen. Und jetzt steht sie da, nackt und gefangen wie eine Biene, die man in einem Wasserglas schachmatt gesetzt hat.

Mona weiß, dass sie bei Morgengrauen wieder ihre Orientierung verlieren wird, wie schon so oft, seit sie ihn kennen gelernt hat.

Natürlich hätte sie nicht hingehen sollen. Es war verrückt zu glauben, sechs Wochen keinen Tango zu tanzen, seien genug, um ihn zu vergessen. Ebenso gut hätte sie auch eine Flasche Champagner trinken können, und behaupten, es würde ihr nichts anhaben können.

Aber Sonja wollte unbedingt Tanzen gehen und forderte sie auf, sich nicht ewig in ihren vier Wänden zu verstecken, sondern mitzugehen. Es hätte tausend andere Möglichkeiten gegeben, doch sie fuhren natürlich ins *La Tanguera*. An einem Sonntagabend, wenn Manuel ganz sicher dort tanzt! Das war Wahnsinn.

Mona wünscht sich, die sterbende Nacht würde ihre Sehnsucht nach Manuel auslöschen und sie endlich wieder freigeben. Aber das wünscht sie sich schon, seit sie vor Monaten zum ersten Mal mit Manuel getanzt hat und sie weiß, dass es vergeblich ist. Sein Zauber ist zu mächtig, als dass er sich einfach so im Morgengrauen auflösen würde wie der Nebel vom Sonnenlicht.

Vor Monaten hatte Sonja ihr vom Tango erzählt und von diesem seltsamen Lokal, in dem die Tanzenden mit leisen Schritten über den Boden schlurfen, als gehörten sie zusammen. Doch niemand gehörte in diesem Kellergewölbe zu irgendjemandem, sie alle waren nur auf der Suche nach Liebe und Nähe. Und es ging ihnen nur um diese Suche, nicht um das Finden. Das begriff Mona viel zu spät. Erst als Manuel ihre Einladung zu einem Spaziergang abgelehnt hatte und ihre Anrufe nicht beantwortet hatte, obwohl seine Augen sie dauernd verfolgten und seine Hände sie immer wieder wie zufällig berührten, erst da erkannte sie, dass auch er sich nicht finden lassen wollte.

Dabei war er ihr beim ersten Mal gar nicht aufgefallen. Erst als sie schon ein paar Mal mit Sonja im *La Tanguera* gewesen war, begegnete er ihr an einem Sonntagabend. Sie konnte in jenen Tagen gerade erst ein paar Schritte tanzen, eine Drehung, einen Voleo, nichts, was einen erfahrenen Tänzer wie Manuel hätte interessieren können. Trotzdem forderte er sie zum Tanzen auf. Er legte den Kopf etwas schräg, fast so als sei er verlegen. Sein Lächeln wirkte so schüchtern. Sie konnte einfach nicht Nein sagen, obwohl Sonja sie noch lachend warnte, dass Tango manchmal etwas Gefährliches an sich habe.

Doch Mona schüttelte nur den Kopf. Sie konnte nichts Gefährliches daran finden, sich von einem charmanten Mann, der so schüchtern wirkte, über das Parkett schieben zu lassen.

Es war der letzte Satz, den sie dachte, bevor sie an diesen Mann verloren ging.

Am Horizont kann Mona den Morgen bereits sehen, lautlos und sanft zieht er herauf, ohne dass irgendetwas Außergewöhnliches dabei geschieht: Ohne dass Manuel sie anruft, ohne dass er plötzlich vor ihrer Tür steht, ohne dass er sie plötzlich in den Arm nehmen und festhalten würde. Es wird sich nicht ändern. Nicht heute und nicht morgen. Die Liebe zu Manuel ist kein Problem, das sich zwischen Nacht und Tag lösen ließe.

Mona schaut hinüber zu den Häusern, vereinzelt gehen Lichter an, und ein Hauch von Kaffeeduft zieht an ihr vorbei. Sie fragt sich, ob irgendjemand ihre Nacktheit bemerkt, und, um den Reiz dieser Vorstellung noch zu steigern, streichelt sie über ihre Brüste. Ihre Finger umkreisen das zartrosa Fleisch an den Spitzen und drücken sie ein wenig. Ihre Möse reagiert sofort. Mona fühlt, wie sie nass wird und der süße Schleim ihre Schenkel befeuchtet.

Ihr Körper ist durstig nach Manuels Händen. Sie will seine Hände auf ihrer Haut spüren. Sie will in seine Arme hineinfallen und jeden Millimeter seiner Haut berühren und liebkosen. Sie will ihn küssen, bis diese undurchdringliche Mauer, die ihn wie ein Schutzschild umgibt, sich endlich auflöst und sie zu ihm durchdringen kann.

Aber die Sache ist sinnlos. Einmal hat sie sogar kurz daran gedacht, die Stadt zu verlassen, wenigstens vorübergehend, um Manuel zu vergessen. Doch Sonja hat sie für verrückt erklärt und ihr klar gemacht, dass Frauen heutzutage ihr Leben im Griff haben und einem Mann nicht mehr einfach so verfallen.

Mona hat ihr eigenes Leben geführt, jedenfalls bis zu dem Zeitpunkt, als sie Manuel kennen lernte. Seither ist es mit der Eigenständigkeit etwas mühsam geworden. Sie hat einen Berg neue Kleider gekauft, nur um ihm zu gefallen, sowie Schuhe und Schmuck, in denen er sie sehen sollte. Sie hat ihre Frisur geändert und Tanzen gelernt, damit er sich nicht langweilen würde, falls er sie wieder auffordern würde. Sie hat viele Bücher gelesen, erst über den Tango, dann über unnahbare Männer, schließlich sogar über Sex und was Männer dabei wirklich wollen.

Sonja hat auch darüber wieder nur den Kopf geschüttelt und gesagt: »Frauen rennen keinem Mann hinterher, schon gar nicht, wenn er nichts tut. Wenn er gar nichts tut!«

Manuel tat ja auch nichts, außer ihr hin und wieder zuzulächeln und gelegentlich einen Tango mit ihr zu tanzen. Also hat sie sich wieder auf ihre Selbstständigkeit als Frau besonnen und war einfach nicht mehr ins *La Tanguera* gegangen. Und nach einiger Zeit gab es sogar Stunden, in denen sie nicht an seine Hände, seine Arme, seine Beine oder an sein Lächeln dachte, Stunden, in denen sie einkaufen gehen konnte, ohne bei dem erstbesten blonden Mann, der ihr begegnete, zusammenzuzucken.

Bis gestern hat sie fast schon darüber lachen können, bis zu dem Moment, in dem sie ihn mit Bella im *La Tanguera* hat tanzen sehen. Oder nein, bis er Bella hat stehen lassen, um mit ihr zu tanzen. Und bis zu der Sekunde, in der er sie noch einmal angeschaut hat, quer durch den ganzen Saal hindurch – das ließ nichts mehr von ihrer Selbstständigkeit übrig. So einfach ist dieses Teufelsspiel: Er kommt nicht näher und sie nicht von ihm fort.

Monas Hände gleiten von ihren Brüsten herunter

zu ihrem Bauch und berühren schließlich das dunkle Dreieck. Ihr Geschlecht ist angenehm nass. Zwei ihrer Finger gleiten über die kühle Haut, halten die Lippen auseinander und ziehen sie ein wenig, damit die leichte Brise sie berührt. Eine Weile verharrt sie so mit offenem Geschlecht, bevor ihre zwei Finger tief in ihre Höhle eintauchen.

Sie trägt noch den viereckigen Kunststoffring, in den, wie unter Glas, eine rote Rose eingelassen ist. Sonja hat ihn ihr geschenkt, um sie ein wenig abzulenken. Jetzt gleitet er mit in ihren Körper hinein, verursacht in dem engen Gang ein dumpfes Gemisch aus Brennen und Lust, aus Schmerz und Gier, ähnlich wie Manuel es in ihrer Seele tut.

Vorsichtig zieht sie den Finger zurück. Der dicke Wulst des Ringes bildet am Rand ihres Lochs einen harten Widerstand, der sie erregt und dem sie nachgibt, so dass sie das Teil rasch wieder tiefer in sich hineindrückt. Immer wieder schiebt sie den Plastikring aufs Neue herauf und herunter, reibt ihn hin und her an den nassen Wänden entlang, zieht ihn fast heraus, bis sie den Widerstand erneut spürt.

Das Spiel lässt ihre Möse weich werden und ihre Sinne verschwimmen. Sie will sich befreien von der Gier nach Manuel. Der Ring und die Vorstellung, dass ihr hier auf dem Balkon jemand dabei zusehen kann, lenken sie einen Augenblick von der Phantasie ab, die sonst ihre Sinne ununterbrochen beherrscht.

Der Wind und die letzten blassen Sterne über ihr geben ihr das Gefühl, sie selbst zu sein.

Aber schon kann sie in dem erwachenden Blau des Horizonts die Farbe seiner Augen entdecken. Nein, wirklich fortdenken kann sie ihn nicht. Ihn nicht, und erst recht nicht seine zarten Hände, die über ihre Wange streicheln, oder die wie ihre eigenen jetzt tief in ihren Körper eindringen sollen, damit sie endlich Ruhe findet.

Einmal hat Mona einen ganzen Abend lang an der Bar gesessen und nur den Bewegungen seiner schmalen Finger zugeschaut. Die Art, wie er den Rotweinkelch umfasste, wurde in ihrer Vorstellung genau zu der Bewegung, mit der er ihre Brüste berühren würde. Gespreizte, schlanke Finger, die von unten die Fülle ihrer Brüste umschließen, sie leicht anheben und dann, genau wie er es mit dem Weinglas auch tat, zu den Lippen führen würden.

Sie sah seinen Händen zu, wie sie eine Zigarette hielten und wurde das Gefühl nicht los, dass es ein berauschendes Erlebnis sein müsste, wenn er zwischen Zeige- und Mittelfinger nicht dieses qualmende Ding halten würde, sondern stattdessen ihre zarte, rosa Knospe, die sich feucht und pochend nach ihm verzehrte.

Die Erinnerung an dieses Bild erregt Mona, und ihre Finger beginnen, in dem Loch wieder ein wenig auf- und abzugleiten. Sanft schiebt sie ihre Hand vor und zurück, um das angenehme Gefühl und den Druck durch den Ring ein wenig zu halten, es hinauszuzögern. Schließlich stellt sie einen Fuß auf den Rand des Blumenkastens, um den Weg in ihre Möse einfacher zu machen und sucht mit dem Blick die erleuchteten Fenster von gegenüber ab.

Manuels Augen und Hände sind nicht das einzig Faszinierende an ihm. Da sind seine Arme, mit denen überhaupt alles angefangen hat. Arme, die sie einfach umschlossen und sie aus ihrer Welt heraus- und in seine mitnahmen, in der es nur noch die Melodie des Tangos und seinen Herzschlag zu geben schien.

Niemals hätte Mona sich träumen lassen, wegen eines einzigen Tanzes einem Mann derart zu verfallen. Und das, obwohl ein gewöhnlicher Tango nicht länger als zweieinhalb Minuten dauerte. Zweieinhalb Minuten, in denen Schwerkraft und Grenzen nicht zu existieren schienen.

An einem der erleuchteten Fenster ist ein Schatten zu sehen: ein Mann, der zur ihr herüberschaut. Monas Brustspitzen werden hart und recken sich dem Blick entgegen, während ihre Finger weiter wie ein Phallus in ihr auf- und abgleiten. Für einen Augenblick stellt Mona sich vor, der Schatten am Fenster sei Manuel. Wenigstens ein Mal will sie, dass er ihr dabei zuschaut, wenn sie sich ihm hingibt.

Tausendmal hat sie sich vorgestellt, sich ihm hinzugeben. Nie war sie so süchtig nach einem Phallus, den sie nicht einmal kennt. Nur in ihren Träumen hat sie dieses von Manuel gehütete Geheimnis oftmals gelüftet. Stück für Stück hat sie den Reißverschluss heruntergelassen und dann in den Tiefen nach seinem Schwanz gegraben, hat ihn vorsichtig aus der Hose wie eine erlesene, kostbare Frucht herausgeschält und ihn dann sanft mit den Lippen liebkost.

Immer wieder hat sie davon geträumt, diesen unbekannten Stab in den Mund zu nehmen, ihn bis an die Grenze zu schlucken, ihn zu lecken und das leise Pochen der Ader an ihrem Gaumen zu fühlen.

Sie will Manuel trinken und dabei seine Hände fühlen, die gierig ihren Kopf umklammern und sie gegen seinen Schwanz drücken, bis er ihr alles gibt. Der heiße Saft soll aus ihrem Mund quellen und ihr die Kehle hinunterlaufen, damit sie endlich wieder schlafen kann.

Der Ring in ihrer Pforte und die Phantasie von Manuel entlocken ihr ein leises Stöhnen. Ihre linke Hand presst ihre Brust, während die rechte nun abwechselnd aus der Höhle auftaucht und über die kleine Perle flirrt, die längst hart ist wie ein winziger Diamant.

Die Lust in ihr steigt höher, die Bilder verschwimmen in ihren Sinnen: Sie sieht Manuel, wie er nackt in sie eindringt, und spürt dabei den Ring wieder am Eingang ihres Loches. Der Ring dehnt sie, und Manuels dicker Schwanz reißt sie auf. Dann wieder sieht sie, wie Manuel sich vor sie hinkniet und spürt seine Zunge, die über ihre Möse schnellt und in sie eintaucht. Sie fühlt seine Hände, oder ihre eigenen, sie kann es nicht mehr unterscheiden, hört seine Stimme und ihr eigenes Stöhnen, ist erfüllt von ihm, glaubt seinen Saft zu schmecken und verliert sich in ihm, bis alles in ihr nur noch er ist.

Ein Zucken jagt durch Monas Glieder, und der Himmel wird deutlich heller. Doch sie kann nicht aufhören. Sie kann die Hände nicht wegnehmen. Während in ihrer Phantasie nun Manuels Zunge wieder über die Perle leckt, so dass sie es kaum noch aushält, überrollen die Wellen sie ein zweites Mal, diesmal heftiger, bis sich alles in ihr zusammenkrampft, und sie schließlich ihre Lust in den beginnenden Morgen herausschreit.

Keuchend rutscht sie auf den Boden. Tränen brennen ihr in der Kehle und in den Augen, und sie zittert. Der Wind ist plötzlich kalt. Es wird ein grauer

Morgen, denn Wolken ziehen auf, und es riecht nach Regen.

Mona greift nach ihrem Nachthemd und steht mühsam von den kalten Steinen auf.

Der Mann gegenüber hat das Licht gelöscht und steht jetzt, wie sie zuvor, nackt auf dem Balkon. An seinen Bewegungen kann sie erkennen, dass er seinen Schwanz in den Händen hält. Er reibt ihn schnell und mit gleichmäßigem Rhythmus.

Im Tango, denkt sie, gibt es keinen gleichmäßigen Rhythmus.

Das Gesicht des Mannes ist in dem grauen Licht verzerrt und wirkt sehr angestrengt.

Auch das passt nicht. Egal, wie lange Manuel tanzt, oder was er sonst tut, er sieht niemals angestrengt aus. Bei ihm wirkt alles irgendwie leicht, vielleicht manchmal ein bisschen entrückt, nicht wirklich greifbar, aber eben leicht.

Der Oberkörper des Fremden krümmt sich, sein Mund ist offen, er keucht, und eigentlich will Mona diesem Mann nicht länger zusehen. Er kommt ihr vor wie ein Tier, viel zu grob und hart. Aber sie will das Tier in Manuel sehen, will ihn keuchen und schreien hören. Er soll vor Gier nach ihr greifen, sie an sich pressen, ihr in den Haaren wühlen, und er soll sich auf ihrem Bett winden vor Lust.

Mona schaut dem Mann zu, dessen nackter Arm jetzt auf- und abjagt. Sie schämt sich ein wenig. Schließlich ist sie nicht unschuldig an dem, was er da tut, an dem, was er ihr zeigt, denn sie hat es herausgefordert. Mona will wegschauen und in ihre Wohnung gehen, aber sie kann nicht. Drinnen lauert der Absturz, der immer kommt, wenn die Erkenntnis ihr die Kehle zuschnürt, dass sie wieder mal nur geträumt hat.

Gegenüber kommt der Mann zu einem kurzen und heftigen Orgasmus.

Mona versucht an etwas Wichtiges zu denken, etwas das sie an ihr Leben erinnert. Es ist Montagmorgen. Sie müsste sich anziehen und zur Arbeit gehen. Sie sollte irgendwo ein wenig zu Mittag essen und für den Abend eine Verabredung treffen. Aber keiner der Gedanken berührt sie sonderlich.

Sie wendet sich ab. Der Mann gegenüber widert sie an.

Während sie nach drinnen geht, überlegt sie, ob sie Manuel eine SMS schicken soll, irgendetwas Unverfängliches. Sie könnte auch versuchen, ihn irgendwo zu treffen, natürlich nur zufällig.

Mona schließt die Balkontür hinter sich und zieht die Vorhänge fest zu. Ihre Nacht ist noch nicht zu Ende, auch wenn es jetzt bereits Tag ist. Sie malt sich aus, was sie Manuel alles sagen will, was sie ihm erzählen will von ihrer Liebe, von ihrer Sehnsucht und von ihrer Lust nach ihm. Sie hört seine Stimme und wie er auf ihre Worte reagiert und legt eine Tango-CD ein. Sie drückt die Endlostaste und lässt ihr Nachthemd auf den Boden fallen. Nackt und auf allen vieren kriecht sie in ihr Bett.

»Du musst dringend mit einem Mann schlafen« hat Sonja ihr gestern Abend im *La Tanguera* geraten. »Egal mit wem, sonst kommst du nie aus dieser Geschichte heraus.«

Aus der Geschichte herauskommen, denkt Mona, vielleicht wäre das schön. Doch während die Musik sie umgarnt, sie langsam in die matt schimmernde Welt einer Seifenblase hineinzieht, in der sie auf Manuel zugeht, erscheint ihr die Vorstellung fast absurd. Einen Traum muss man eben bis zum Ende träumen.

Mona streift den klebrigen Ring ab und lässt ihn aus dem Bett fallen, bevor sie ihren Finger wieder in die noch nasse Höhle hineinschiebt. Schon kann sie in ihrer Vorstellung den leichten Druck von Manuels Hüften fühlen. Sie zieht einen Vibrator unter dem Kissen hervor und hält ihn sich an das Loch. Langsam, ganz langsam schiebt sie ihn in sich hinein, spürt wie aus dem kühlen Plastik Manuels Schwanz wird, der sie durchdringt, sich in ihr reibt und sich mit immer schnelleren Stößen in ihr bewegt. Sein Stab peitscht ihre Lust noch einmal auf und treibt sie schnell auf die Spitze, bis sie zuckend zu der wehmütigen Melodie eines Tangos einschläft.

Ihr Zimmer ist immer noch dunkel und von einer Tangomelodie erfüllt, als Mona die Augen aufschlägt. Die Vorhänge und die Musik halten ihr Versprechen, den Tag von ihr fern zu halten, doch der Wecker zeigt unmissverständlich auf zwanzig nach vier. Erst Nachmittag, denkt sie und versucht für einen Augenblick zurück in die traumlose Schwere unter ihrer Bettdecke zu flüchten. Bis zur nächsten Nacht ist noch viel Zeit.

Der Kunststoffpenis liegt hart zwischen ihren Schenkeln. Mona greift danach, wie nach einem Anker und steckt ihn sich in den Mund. Sie leckt und saugt an dem Ding, als wäre es echt, als wäre es Manuels Schwanz, denn dieser Phallus hält ihren Traum lebendig. Ihre Zunge bewegt sich wie eine Schlange um die

Spitze mit der kleinen Rille. Niemals wird er schlaff und müde. Sie phantasiert weiter, dass sie Manuels Penis wirklich lecken würde, und steckt sich den Plastikschwanz tief in den Mund, bis ihre Möse neu erwacht. Mona spürt das leise Zucken rund um die Muschel, die vor Sehnsucht nass wird.

Sie nimmt den Vibrator aus dem Mund, streichelt darüber und dreht sich auf den Bauch.

In allen Variationen hat sie sich diesen Stab schon in den Körper geschoben, aber am liebsten mag sie es von hinten. Der Augenblick, in dem sie flach auf dem Bauch liegt und Manuel sich auf ihren Rücken legt, sie dabei vollständig mit seinem Körper umhüllt, um dann von hinten in ihre enge Spalte zu stoßen, erregt sie immer wieder aufs Neue.

Mona drückt den Knopf für die Vibration, öffnet die Schenkel und führt das zitternde Teil über ihren Hintern hinweg nach unten vor ihre Pforte. Ein, zwei Atemzüge genießt sie das kitzelige Gefühl an den feuchten Schamlippen, dann zieht sie das rechte Bein ein bisschen nach oben und stößt mit aller Kraft den Schwanz in sich hinein, so dass sie vor Schmerz und Lust aufschreit. Gierig umklammert ihr nasses Fleisch den vibrierenden Stab, als wolle es ihn für immer verschlingen. Doch gleichzeitig ist Mona so besessen von dem Gefühl, sich Manuel auszuliefern, dass sie sich selbst keinen Augenblick der Ruhe gönnt, sondern ungeduldig das untere Ende des Schwanzes umfasst und sich ihn in raschen Bewegungen immer wieder in das gedehnte Geschlecht schiebt.

Immer schneller und tiefer rubbeln die künstlichen Adern über den Rand ihrer Möse, peitschen sie auf, reiben sie wund, aber das stört sie nicht. Sie spürt nur Manuels Becken, wie es gegen ihren Hintern schlägt, fühlt seine Hände an ihren Hüften, die ihr die Haut zusammenpressen. Sie hört ihn hinter sich stöhnen und ist berauscht von dem Gedanken, dass er jeden Augenblick seinen Saft in sie hineinjagt.

Da zerreißt die Melodie des Tangos, ganz plötzlich. Sie hört einfach auf, als habe sie genug von der Endlosschleife. Es gibt keine Warnung vorher, kein seltsames Geräusch, kein Springen der CD, nichts. Zurück bleibt eine unerträgliche Stille.

Monas Körper ist schweißnass, keuchend fühlt sie, wie der Schwanz in ihrem bebenden Loch steckt, das bereits vor Gier und Schmerz zuckt. Sie weiß, ein, zwei Sekunden noch, ein, zwei Stöße noch …

Aber nichts, da ist nur diese plötzliche Stille. Verzweifelt versucht sie das Zerplatzen der Seifenblase aufzuhalten. Mit Gewalt stößt sie den Stab so tief in ihre Pforte, wie es geht, reibt, schiebt und rammt das Ding immer wieder in sich hinein, klammert sich an das Bild, dass Manuel sie mit Zorn nehmen würde. Doch die Stille erstickt alles in ihr. Die Lust, die Gier und die Sehnsucht lösen sich auf. Selbst ihr Atem kommt aus dem Takt, so dass sie glaubt, keine Luft mehr zu kriegen. Verzweifelt krallt sie sich in ihr Kissen und fängt an, hemmungslos zu weinen.

Es dauert lange, ehe Mona damit aufhören kann. Ihre Glieder sind schwer und ihre Augen brennen. Der künstliche Phallus ist längst aus ihr herausgeglitten und liegt zwischen ihren Schenkeln. Langsam richtet sie sich auf und betrachtet den Schwanz.

Wenn sie wollte, könnte sie ihn sich wieder in die

Spalte schieben und daran reiben, könnte dieses Ding erneut auf Vibration stellen und warten, dass ihr Körper darauf reagiert. Währenddessen könnte sie wieder davon träumen, wie Manuel sie liebkost, in sie eindringt und seinen heißen Saft in sie hineinspritzt. Immer wieder und wieder könnte sie es tun, doch nichts würde sich dadurch ändern. Das weiß Mona.

Die zerrissene Tangomelodie hat etwas in ihr verändert. Die Stille ist in sie eingedrungen, tiefer als jeder Phallus und tiefer als Manuels Augen. Die Stille hat sie aufgeweckt.

Monas Blick fällt auf einen dünnen Streifen Tageslicht, der sich unter ihrem Vorhang ins Zimmer stiehlt. Ein paar glitzernde Staubpartikel tanzen über den Boden. Draußen regnet es nicht, wie sie erwartet hat, stattdessen kann sie die Sonne und die Hitze fühlen. Der Schwanz in ihrer Hand ist trotz seiner Härte plötzlich schlaff und tot. Und er ekelt sie an. Sie lässt den Phallus neben den Rosenring fallen, kriecht aus dem Bett und reißt die Vorhänge auf.

Das Licht tut ihren Augen weh. Genauso weh wie die Erkenntnis, dass sie allein ist. Sonja hatte Recht. Sie muss aufhören mit dieser Geschichte. Sofort.

Der Himmel ist vom Abendrot blassrosa mit zarten Streifen Blau dazwischen, die Mona nicht mehr an Manuels Augen erinnern. Am Flughafen ist viel los, selbst an einem Montagabend. Doch schließlich ist Sommer.

Seit Mona die Entscheidung getroffen hat, die Stadt für drei Monate zu verlassen, geht es ihr gut. Egal, was Sonja dazu sagen wird, egal, ob Frauen heutzutage ihr

Leben im Griff haben, sie muss ihren eigenen Weg gehen. Sie hat sich die Haare abgeschnitten und rote Schuhe gekauft, für den Tango. Für einen anderen Tango. Sie will tanzen.

»Sie haben Glück«, sagt der Mann am Schalter. »Normalerweise sind die Flüge nach Buenos Aires ausgebucht.«

Mona lächelt. »Heute ist mein Glückstag«, sagt sie, stellt ihren Koffer auf das Band und denkt an den Vibrator, der gut verstaut zwischen ihrer Wäsche liegt.

»Reisen Sie geschäftlich oder privat?«

»Privat«, sagt Mona, »es gilt einem guten Freund die letzte Ehre zu erweisen.«

»Oh, ein Trauerfall?« Der Mann schiebt ihr mit ernster Miene das Ticket herüber. »Das tut mir Leid.«

Mona lächelt. »Das muss es nicht. Er war schon lange tot, ich habe es nur nie wirklich gemerkt. Es kann also auch sehr nett werden, wenn er erst mal weg ist.«

Der Mann betrachtet sie verwirrt, doch sie macht sich nichts daraus.

Beschwingt geht sie zum Ausgang 40, an dem die Abendmaschine nach Argentinien abfliegen wird. Durch die großen Fenster kann sie das Flugzeug sehen: ein Bild voller Kraft, das sich, je länger sie es betrachtet, auf sie überträgt. Und plötzlich spürt Mona die Ferne, die an den kleinen Scheiben und den Flügeln haftet, ahnt das Neue, das die geschwungene Schrift auf dem Heckflügel verspricht, spürt eine Sehnsucht, die das Flugzeug mitbringt, und sie muss lachen. Für einen künstlichen Penis, der seine letzte Ruhe im Rio de la Plata finden soll, muss nun wirklich niemand Trauer tragen, und für einen Tango, der irgendwo neu beginnt, gibt es auch ein neues Leben. Man muss nur auf die Suche gehen, man muss nicht finden wollen, nur suchen und weiterziehen. So einfach ist das.

Vielleicht wird sie darüber schreiben…

Dienstag

Träge fließt die Melodie des Tangos über den regennassen Asphalt, macht ihn glitschig, vielleicht sogar gefährlich.

Ein wenig zu rot für den Nachmittag, denkt Lilly, und vielleicht auch zu klebrig. Doch wenn man danach süchtig ist wie sie, dann reicht der wehmütige Seufzer einer einzigen Geige aus, um aus dem Tritt zu kommen, um stehen zu bleiben und zu lauschen.

La Cumparsita, die deutsche Übersetzung des Liedes kennt Lilly auswendig. »*Wenn du wüsstest, dass tief in meiner Seele noch jene Liebe schlummert, die ich für dich empfand…*«

Eine Sekunde schließt sie die Augen. Tango meint niemals Liebe! Tango meint nur, tanze mit mir oder gegen mich. Das hat sie gelernt, denn diese Melodien können einem zusetzen. Stück für Stück, als wäre man nicht mehr Herr seiner Seele. Und man glaubt wieder an die Liebe, so leicht und unbeirrbar wie ein Kind. Oder vielleicht auch unbelehrbar! Selbst hier auf der Straße, nach all den vergossenen Tränen, passiert es wieder, und es fängt immer gleich an:

Zuerst berührt diese Wehmut nur das Ohr wie jede andere Melodie auch. Aber schon sehr bald streichelt sie einem über die Wangen und den Hals, gelangt tiefer, dringt durch jede Pore der Haut ein, fließt wie schwerer Wein in den Adern, erreicht das Herz und betört schließlich die Sinne.

Lilly kann ihre Brüste deutlich fühlen, denn die rosa Spitzen drücken sich gegen den Stoff ihrer Bluse. Der leichte Widerstand erregt sie. Mehr und mehr wird sie sich ihres ganzen Körpers bewusst, als würde er von warmer Luft gestreichelt. Mit unsichtbaren Händen greift die Musik nach ihrem Geschlecht, berührt den kleinen Kern, der sich hart und heiß aufrichtet, tupft spielerisch mit leichten Tönen darüber und fordert sie zu einem lustvollen Tanz auf. Der Rest der Melodie dringt mit einem klagenden Schmerz in sie ein, wie ein Mann es tun würde. Der schneller werdende Rhythmus verwandelt sich in Arme, die sie halten, und in einen Phallus, der sie mit leichten Stößen nimmt. Die steigende Erregung macht sie nass und gierig, und Lilly meint, den würzigen Duft eines harten Schwanzes zu riechen, der langsam, fast würdevoll in ihr auf- und niedergleitet. Ihr Atem wird schneller – und dann ist alles wieder da: die Liebe, die Sehnsucht, Frank …

Energisch schüttelt Lilly den Kopf, um diese Gedanken und die Melodie zu verscheuchen, doch etwas fesselt ihre Sinne derart, dass sie sich zwingt, stehen zu bleiben.

Sie lauscht. Es ist nicht nur der Tango. Da ist noch diese Stimme, sehr sanft, mit einem eigenen warmen Klang. Sie gibt klare und präzise Schrittfolgen an. Schritte, die Lilly kennt, die sie tausendmal getanzt hat, aber es sind nicht die Schritte, die sich in ihre Gedanken verirren. Die Wärme in der Stimme ist ihr unangenehm vertraut. Sie verführt ihre Sinne, berauscht sich an feuchter Haut, durchdringt ihr Innerstes und berührt dabei immer wieder einen dunklen Punkt, der Erinnerungen weckt.

Suchend irrt Lillys Blick über die Häuserfront. Im ersten Stockwerk sind eine Reihe beleuchteter Fenster, dahinter ein paar Schatten, die sich zur Musik bewegen. Über der Eingangstür hängt ein Schild: *Tangoschule Manuel Mauberg*.

»Manuel Mauberg?« Sie lässt den Namen leise über ihre Zunge gleiten, spielt damit, als habe sie eine süße Traube im Mund, die sie hin- und herrollen lässt. Aber da ist nichts. Kein Bild taucht auf, das ihr vertraut wäre. Vielleicht eine Verwechslung, das kann passieren.

Die Sache mit Frank und dem Tango hat sie schließlich auf eine gewisse Art heimatlos gemacht. Da wird man anfällig für eine zärtliche Stimme, noch dazu, wenn sie Tangoschritte erklärt.

Sie begegnet ihrem nachdenklichen Blick in der gläsernen Eingangstüre der Tanzschule. Ihr Gesicht erscheint ihr geisterhaft blass, fast alt, und ihr Haar ist lang geworden. Der akkurate Zwanziger-Jahre-Schnitt ist herausgewachsen, und das dunkle Rot, das sie so liebt, ist verwaschen. Niemand wird mehr in der Frau mit der weißen Bluse und dem schwarzen Rock die Tangotänzerin sehen. Es erleichtert und verletzt sie gleichermaßen.

Sie sollte weitergehen, doch ihre Knie sind längst zu weich. »*Wer weiß, wenn du wüsstest, dass ich dich nie vergessen habe und wenn du dann zurückschaust …*« Die Melodie betört sie weiterhin. Wenn sie zurückschaut, sieht sie nur Frank vor sich: schattenhaft, leise, immer ein wenig traurig, aber nie aufdringlich – genau so, wie er den Tango tanzte.

Schon als Frank sie das erste Mal in den Arm nahm, damals im *La Tanguera*, um sie langsam über die Fläche zu führen, hatte sie das Gefühl, nur von einem dunklen Hauch umhüllt zu sein, eine Art körperlose Unendlichkeit wie nachtschwarzer Himmel, in dem man sich leicht verlieren konnte.

Nach dem fünften Tango ging sie mit ihm nach Hause. Nie zuvor war ihr so etwas geschehen.

In Franks Apartment stand auf einem weißen, flauschigen Teppich lediglich ein großes Bett. An den Wänden hingen ein paar rote Rosen aus Seide, Poster von Tangopaaren in verschiedenen Posen und eine Nachtaufnahme von Buenos Aires. Rund um das Bett waren Kerzen verteilt, und in einer Vase stand ein großer Strauß frischer roter Rosen. Wie von Geisterhand erklang ein Tango, sobald Frank die Wohnungstür hinter sich schloss.

Während der ganzen Zeit hatte Frank kein Wort gesprochen, auch nicht, als er sie auf die Arme nahm und zum Bett trug, als fürchte er, den Zauber des Tangos zu zerstören. Nach und nach zogen seine Hände sie langsam aus, bis Lilly nackt und schutzlos vor ihm lag.

Sein Körper war selbst im Mondschein nicht mehr jung, aber geschmeidig und zart, so als sei ein trauriger Junge versehentlich in den Leib eines alternden Mannes geraten.

Vielleicht war es sein Alter oder seine Traurigkeit,

dass er nach einer der Rosen mit einem weit offenen Blütenkelch griff. Nie wird sie diesen betörenden Duft vergessen, süß und schwer wie ein heißer Nachmittag im Juni.

Frank streifte mit der Blüte ihre Wangen, berührte damit ihr Gesicht und ihren Mund. Lilly küsste die zarten blutroten Blätter, leckte mit der Zungenspitze darüber und naschte von dem Nektar. Dann verhüllte Frank mit dem offenen Kelch ihre Brüste und streichelte mit den Blättern über ihren Bauch, als wollte er den samtigen Duft über sie ergießen.

Irgendwann gelangte die Rose behutsam zu ihrem Geschlecht, drückte sich dort gegen die fleischige Knospe, die sich im seidigen Rausch der Blüte verlor. Immer wieder rieb Frank mit der Blume über ihre feuchte Möse, ging über das klaffende Loch hinweg, drückte die Blätter in sie hinein, bis die Blüte vor Nässe tropfte.

Im Morgengrauen drang schließlich sein Phallus mit unbeschreiblicher Zartheit in sie ein. Nach Stunden zwischen Wachen und Traum und einem seltsam tiefen Rausch in dem süßen, schweren Duft rollte Frank auf sie und suchte mit der Spitze den Eingang ihrer Pforte. Niemals zuvor empfand Lilly das Eindringen eines Schwanzes mit solch einer inneren Stille. Ganz ruhig lag sie da, während Frank behutsam seinen warmen Stab in ihren von Rosenduft durchtränkten Leib schob und sich aufmachte, ihr Innerstes zu erkunden wie niemals jemand zuvor.

Lilly presst die Beine zusammen. Die Erinnerung an diese Nacht, an die blutrote Trunkenheit ihrer Sinne, die von seiner Zärtlichkeit fast bis zur Bewusstlosigkeit getrieben worden waren, wirkte immer noch auf sie. Selbst jetzt noch.

Nach jener Nacht blieb sie bei Frank, einfach so, wortlos. Frank liebte sie meist bei Morgengrauen, wenn sie vom Tangotanzen kamen. Lilly wurde süchtig nach den Rosen, die er jeden Tag erneuerte, um sie damit zu verwöhnen. Ihr Verlangen nach seiner Sanftheit, nach diesen schmalen Schultern, den schlanken Armen und diesem traurigen Schweigen wuchs ins Unermessliche. Und je länger sie bei ihm blieb, um so mehr schienen die wehmütigen Tangolieder mit seinem zarten Phallus eine unlösbare Verbindung einzugehen. Mit jedem neuen Orgasmus zwischen zerdrückten nassen Blüten, verfiel sie Frank und dem Tango gleichermaßen mehr. Irgendwann reichte es sogar, dass sie mit Frank im *La Tanguera* saß. Wenn dann eines der nächtlichen Liebeslieder ertönte, begann ihr Körper schlagartig weich zu werden, begann sich an Frank zu schmiegen, so dass er meist aufstand und mit ihr in einen abgelegenen Flur ging.

Dort zog er bei mehr als einer Gelegenheit ihren Rock hoch, kniete sich vor ihr hin, hielt ihren Slip zur Seite und reizte mit seiner Zunge gekonnt ihre rosige Perle. Er leckte sie, zwängte seine Zunge in ihre Spalte und brachte mit dem warmen Fleisch ihre Möse zum Kochen, so dass ihr der Schleim, vermischt mit seinem Speichel, nur so von den Schenkeln rann. Dabei genoss es Frank, ihren Höhepunkt so lange wie möglich hinauszuzögern und die Spannung durch den Reiz des Öffentlichen zu steigern.

Er liebte es, sie keuchend und gierig zu sehen, und

gewährte ihr erst Erlösung, wenn im Saal nebenan ein neuer Tango begann.

Fast immer ging Frank danach mit ihr in den Saal zurück, zog ihre noch zitternden Glieder an sich und tanzte mit ihr. Die harte Wölbung in seiner Hose drückte dabei gegen ihr Geschlecht, und auch dies schien Frank zu genießen.

Nie wäre sie auf eine andere Idee gekommen.

An einem Dienstag, Lilly würde den Tag nie vergessen, änderte sich alles von einem Moment auf den anderen. Eine junge Frau erschien im *La Tanguera*. Mit ihrem viel zu hellen Haar und einem viel zu bunten T-Shirt, das ihre Brüste wie kleine Weihnachtskugeln aussehen ließ, stand sie an der Bar. Zuerst beobachtete sie mit fast kindlicher Neugier Frank nur aus einiger Entfernung, lächelte ihn an und forderte ihn später am Abend sogar zu einem Tango auf, den er jedoch ablehnte.

Lilly dachte sich nichts dabei. Es kam manchmal vor, dass Frank um einen Tanz gebeten wurde. Doch die Fremde hörte nicht auf zu flirten. Wie zufällig berührte sie beim nächsten Tanz Frank an der Schulter, lächelte ihn erneut an und stieß ihn mit dem Rücken an. Sie entschuldigte sich zwar, suchte aber mit jedem weiteren Tango seinen Blick, um sich in Franks Wahrnehmung einzugraben. Schließlich tanzte sie direkt vor ihm mit einem anderen Mann, ging mehr als einmal an ihrem Tisch vorbei, ließ dabei ihre Hand wie zufällig über ihre bunten Brüste gleiten und lächelte immer wieder.

Irgendwann lächelte Frank zurück.

Als Lilly in jener Nacht in dem engen Flur stand,

schlug ihr Herz nicht nur vor Erregung unruhig. Zum ersten Mal wurde ihr bewusst, dass der Tango viele Gesichter hat. Aber Frank sagte wie üblich nichts, sondern schob nur ihren Slip zur Seite, um ihre nasse Muschel zu lecken. An diesem Abend, so schien es Lilly, tat er es besonders hingebungsvoll. Warm und sanft rutschten seine Lippen über den kleinen Kern, saugten an ihm und reizten ihn aufs Äußerste. Sein Finger drang kurz in sie ein, und trieb sie in einen Zustand geiler Lust und zarter Furcht hinein.

Während seine Zunge über ihre Klitoris tastete, tauchte plötzlich die junge Frau neben ihnen auf. Sie stand einfach da, mitten in der Dunkelheit mit dem langen, blonden Haar, das sie so unschuldig wirken ließ. Ihr Blick war hungrig, wie der einer Lolita, und ihre Lippen glänzten vor Gier. Mit einer raschen Bewegung raffte sie ihren Rock hoch und hielt Frank ihre nackte junge Möse hin.

»Ich will auch«, sagte sie leise und flehend wie ein kleines Kind, das um ein Eis bettelt.

Zuerst ignorierte Frank sie, doch die Fremde blieb hartnäckig stehen. Ohne Scham griff sie nach seiner Hand und zwängte sich den Finger, der kurz zuvor noch in Lillys Möse gesteckt hatte, wortlos in ihre eigene enge Pforte.

Eine Sekunde lang war Frank wie erstarrt.

Lilly konnte den fragenden, fast schmerzlichen Blick seiner Augen kaum aushalten. Die Wogen der Gier fraßen sich in seinen Leib, ließen ihm und ihr keine Chance, und so nahm Lilly die Hände von seinen Schultern.

Mit jeder Sekunde, die sein Finger länger in der engen

Möse feststeckte, mit jedem Moment, den der Duft des Mädchens, dieser zarte Reiz zwischen Kind und Frau, ihn umnebelte, verlor Lilly ihn Stück für Stück.

Immer tiefer gerieten seine Finger in den zarten Körper der Kindfrau hinein und erkundeten die enge Gasse mit wachsender Wolllust. Behutsam wandte sich Frank ihr zu, rieb die ganze Hand mit zärtlichen Bewegungen über das schmale Geschlecht und reizte die kleine Knospe, als wäre sie ein kostbarer Diamant.

Die junge Frau stöhnte leise, aber Lilly bemerkte die hellwachen Augen, als wolle sie alles unter Kontrolle behalten. Plötzlich befreite sich die Fremde von Franks Hand, beugte sich stattdessen vor, kroch auf Knien zu ihm hin und griff keck nach seiner Hose. Noch ein wenig ungeschickt zog sie das harte Glied heraus. Fast andächtig hielt sie den Schwanz in ihren Händen, bevor sie ihn sich wie eine Zuckerstange zwischen ihre Lippen schob. Einem schweren Samtvorhang gleich schloss sich ihr roter Mund fest um den Schwanz. Und die Zeit schien dabei verloren zu gehen.

Lilly wagte kaum zu atmen: Sie beobachtete, wie Franks Gesicht sich allmählich verzerrte und in eine geile Fratze verwandelte, und noch heute kann sie den Schrei hören, mit dem die Gier urplötzlich aus ihm herausbrach. Rasend und wild wie ein Tier schlug er um sich. Nie zuvor hatte Lilly derartige Laute vernommen, nie hatte sie ihn derart heftig und unbeherrscht gesehen. Mit einem harten Griff presste Frank den Kopf der Kleinen gegen seinen Schwanz, und Lilly verstand, dass in der Art, wie diese Erdbeerlippen über das harte Organ rutschten, etwas sehr Endgültiges lag.

Lilly weiß nicht mehr, wie lange sie dort in dem dunklen Flur still und atemlos den beiden zuschaute. Das Letzte, woran sie sich erinnert ist, dass Frank seinen Schwanz voller Ungeduld in die elfenhafte Möse hineinzwängte, die nur darauf wartete, durchstoßen zu werden. Die beiden hatten alles um sich herum vergessen, während Lilly stolpernd den Ausgang suchte.

Die Musik im Haus verstummt. Dafür kann Lilly die Stimme, die vorhin die Schrittfolge angab, nun wieder sehr genau hören.

»Bei den Ochos, meine Damen, möchte ich, dass der linke Fuß sich erst bewegt, wenn er die Innenseite des rechten Fußes berührt hat und umgekehrt. Ganz so, als würden sich die beiden flüchtig küssen.«

Die Stimme klingt ihr zu vertraut, um einfach nach oben zu gehen und zu sagen: »Ich will einen Tango tanzen, um zu vergessen«.

»Ja, so ist es besser«, hört sie den Mann sagen. Er steht jetzt mit dem Rücken zum Fenster, denn sie kann seine Schultern sehen, die sehr gerade sind. Sein kurzes, blondes Haar schimmert in der Abendsonne.

Lilly zögert. Die nächste Melodie hebt an, nicht ganz so traurig wie *La Cumparsita.*

Seit jener Nacht im *La Tanguera* hat sie Frank nicht wieder gesehen. Sie hat sein Leben genauso einfach verlassen, wie sie es betreten hat. Zumindest äußerlich. Auch im *La Tanguera* ist sie seitdem nicht mehr gewesen. Sie hätte sich nicht vorstellen können, einen Tango zu tanzen.

Doch der Tango, dessen Melodie durch das offene Fenster zu ihr dringt, zerrt an ihren Gliedern. Sie träumt einen Augenblick, während ihr Blick über den Rücken des Mannes im ersten Stock schweift.

»Nicht stehen bleiben!« Die Stimme an dem Fenster hat plötzlich etwas Strenges. »Hörst du? Was immer auch geschieht, bleib nicht einfach stehen, sondern führ die Bewegung zu Ende. Brich nicht einfach so ab, denk dir etwas aus! Führ es immer bis zum Ende durch! Als Mann und du erst recht, als Frau. Wenn ihr mit dem Herzen tanzt, werdet ihr nicht stehen bleiben müssen, denn das Herz des anderen wird euch führen.«

Der Mann löst sich vom Fenster, geht wieder zurück in den Saal. Die Musik verstummt.

Lilly sieht ein paar kreisende Schatten, offensichtlich zeigt er dem Paar gerade, was er meinte.

Nicht stehen bleiben denkt sie, auch das berührt den dunklen geheimnisvollen Punkt in ihr. Da ist eine Erinnerung, dünn wie ein Nebelfetzen... diese Stimme verwirrt sie...

Aber dann denkt sie an Frank und spürt, wie ihre Füße leicht werden. Sie will nicht länger stehen bleiben.

Frank sieht aus, als habe er seit Wochen nicht geschlafen. Seine Wangen haben einen dunklen Schimmer, seine Haut ist grau und unter den Augen hat er tiefe Ringe. Unschlüssig steht er an der Türschwelle und schaut sie an, als wäre sie ein Trugbild, dem er nicht recht traut.

»Darf ich hereinkommen?«

Zögernd nickt er.

Das Zimmer ist anders, als Lilly es in Erinnerung

hat. Die Poster von den Tangopaaren sind fort, Buenos Aires bei Nacht hängt in Fetzen herab. Das Bett hat schwarze Laken und ist zerwühlt, als habe man es wochenlang nicht gemacht. Die Rosen in der Vase sind vertrocknet, die Kerzen stehen in dicken, geronnenen Lachen aus Wachs, die den flauschigen Teppich zerstört haben.

»Du willst bestimmt deine Sachen holen?« Mit einer Handbewegung fegt er ein Hemd von dem einzigen Stuhl, den er besitzt.

Lilly antwortet nicht. Sie ist sich nicht sicher, ob es richtig war, hier einfach unangemeldet zu erscheinen. Dann lauscht sie, aber es erklingt kein Tango, obwohl die Tür geschlossen ist.

»Kein Tango?«

»Mmh«, Frank weicht ihrem Blick aus. »Willst du einen Kaffee? Ich habe gerade eben erst welchen gekocht.«

Sie nimmt einen dampfenden Becher entgegen. Seine Hand zittert, und noch immer weicht er ihrem Blick aus. Lilly setzt sich auf den Stuhl und schaut Frank zu, wie er eine Hose und ein paar alte Socken, die auf dem Boden verstreut liegen, zusammenrafft und in den Schrank wirft.

»Ich habe nicht mit Besuch gerechnet.«

»Ja«, sagt sie und die Erdbeerlippen des Mädchens fallen ihr wieder ein, die an seinem Schwanz gesaugt haben.

Reden ist nie Franks Stärke gewesen. Seine Stärken sind das Schweigen und die Zärtlichkeit.

Lilly stellt den Kaffee auf der Fensterbank ab und knöpft sich die Bluse auf. Lautlos fällt der Stoff auf den dicken Teppich. Dann hakt sie den Rock auf und lässt auch ihn zu Boden gleiten. Sie denkt an das Mädchen, an den jungen, hungrigen Körper, an die enge Furt, in die sich sein Schwanz gequetscht hat und zögert eine Sekunde. Der Verschluss ihres BHs sträubt sich, ihr sofort nachzugeben. Ungeduldig zerrt sie daran, bis der Stoff von ihren Brüsten fällt. Während sie den Slip abstreift, sinkt sie rückwärts auf das zerwühlte Bett, riecht Franks Duft darin und den eines fremden Parfüms, der ihr einen Augenblick schmerzlich in der Nase sticht.

»Ich denke, es war nicht zu Ende«, sagt sie leise und nimmt die Beine auseinander, so dass Frank ihre rasierte Möse sehen kann.

»Wir sollten nicht stehen bleiben, bevor der Tanz zu Ende ist.« Herausfordernd schaut sie ihn an.

Seine Augen sind müde, seine Lippen zu schmal, um lebendig zu wirken und wieder zögert sie eine Sekunde. Sie hat das Gefühl, irgendetwas sei falsch, aber die Stimme des Tanzlehrers klingt unmissverständlich in ihrem Inneren. *Nur nicht stehen bleiben, niemals stehen bleiben, wenn euch das Herz führt, wird alles gut.* Und so macht sie weiter.

Ihre Hände berühren ihre Brüste, ihren Bauch und ihr Geschlecht. Sie streifen über die empfindsame Knospe, die sich unter ihrer Berührung langsam hebt, und ein paar Mal tupfen sie darüber und reiben daran, bevor sie in der Spalte tiefer rutschen. Ein, zwei Finger gleiten in ihre Pforte, tauchen tief in ihre Höhle ein, dehnen und weiten den winzigen Krater, schieben sich rein und wieder heraus. Sie genießt ihre Nacktheit, sich ihm so zu zeigen. *Nur nicht stehen bleiben*, denkt sie wieder, dann begegnet sie Franks müdem Blick, der nun eher traurig wirkt.

Leicht hebt Lilly ihm ihre Hüften entgegen. Ihre Finger, tief in ihrem Inneren, reiben an den nassen Wänden entlang, berühren ihre zarten Stellen und streichen weiter oben über ihre Klitoris. Sie wünscht sich, Frank würde sie endlich in den Arm nehmen und sich zu ihr hinabbeugen. Sie will seine Zunge spüren, seine Lippen, die ihre Haut verbrennen. Sie begehrt ihn mehr als alles andere auf der Welt. Und in diesem Augenblick wird ihr deutlich, dass sie Frank liebt und dass sie ohne ihn und den Tango nicht leben will.

»Unser Lied ist noch nicht zu Ende«, flüstert sie. »Noch nicht.« Wieder begegnet sie seinem Blick und ihr wird kalt.

»Doch.« Frank sagt es fast lautlos und schaut dabei aus dem Fenster.

Dunkel erinnert sich Lilly an ein anderes Fenster, an einen anderen Mann, aber sie kann es nicht genau fassen.

»Das Lied ist zu Ende, endgültig. Auch wenn es nur ein einziges Mal war, Bella hat einfach alles andere in mir gelöscht, verstehst du? Selbst den Tango.« Er bückt sich und reicht ihr eine Rolle Toilettenpapier herüber.

»Da, wisch dir die Hände ab.« Mit der anderen Hand hebt er ihren Rock vom Boden auf. »Und dann zieh dich wieder an.« Sein Blick gleitet erneut aus dem Fenster.

Da endlich weiß sie es wieder: Es gleicht dem Fenster, durch das sie einmal geschaut hat – wie lang ist das her? Zehn Jahre, vielleicht elf, und doch eine ähnliche

Szene nur mit vertauschten Rollen und anderen Akteuren. Doch derselbe hilflose, verlorene Blick...

Damals stand sie so an einem Fenster und träumte sich in weite Ferne. Sie war unerreichbar für den jungen Mann, der hinter ihr im Bett lag, nackt mit einem Glied so hart wie ein Stahlrohr. Sein Name fällt ihr nicht mehr ein, aber sie erinnert sich an die Augen, die sie, aufgewühlt wie das Meer, verständnislos anschauten. Dabei hatte damals alles so harmlos begonnen.

An einem Sommernachmittag im Juni lag er auf einer Decke im Park, sonnte sich mit nacktem Oberkörper unweit von ihr und las Marcel Prousts *Auf der Suche nach der verlorenen Zeit*. Er schien ihr zu jung für Marcel Proust, kaum zwanzig Jahre alt, und sie fragte sich nach welcher Zeit er da wirklich suchte. Seine Augen waren zu ernst, das fiel ihr sofort auf, als sie ihn auf das Buch ansprach. Doch seine Schultern waren jung und kräftig. Seine Arme schienen sie willkommen zu heißen, und da vergaß sich Lilly für einen Augenblick selbst.

Bei Sonnenuntergang aßen sie beim Chinesen Frühlingsrollen und klebrigen Reis, und er lud sie ein, mit ihm zu gehen.

Das kleine Zimmer mit dem viel zu großen Fenster schien seine Neugier auf die Welt zu spiegeln, und sie kam sich in diesem Zimmer plötzlich sehr alt vor.

Seine Zärtlichkeit, mit der er ihr das Haar aus dem Gesicht strich, die vorsichtige Frage: »Darf ich dich küssen?« – das alles hat sie in den letzten Jahren tief in sich vergraben. Denn sie hat es sich selbst nie verziehen, dass sie ihre Lust auf einen jungen Körper mit ihrem Hunger nach ihren eigenen verlorenen Träumen, die zufällig in die Haut eines zarten Jungen geraten waren, verwechselte.

Sein Kuss riss sie damals aus den Gedanken, seine Hände, die so behutsam über ihre Brüste streiften, als könnten sie etwas zerbrechen, lenkten sie ab. Gedankenverloren ließ sie sich von ihm ausziehen, bemerkte aber seine scheuen Blicke, mit denen er ihre rasierte Möse betrachtete. Vorsichtig tippte er mit dem Finger darauf und lächelte dabei eben wie ein kleiner Junge.

Nackt zog er sie dann auf das schmale Bett, das nach Kaffee und Zigarettenrauch roch. An der Wand hing ein Poster von Che, dessen strenger Blick ihr in diesem Augenblick wie eine Ohrfeige erschien.

Sein Schwanz war so hart, dass er umso zerbrechlicher wirkte, doch sie fühlte ihn nur auf ihrer Möse, spürte die sanften Stöße, mit denen er nach ihrem feuchten Eingang suchte. Dabei sah der Junge ihr die ganze Zeit fragend in die Augen, erst zärtlich, dann sehnsüchtig und schließlich neugierig. Und mit einem Mal wurde ihr klar, dass sie unmöglich bei ihm liegen bleiben konnte, dass sie niemals mit ihm schlafen konnte, ohne sich für immer in ihren eigenen Jugendträumen zu verlieren.

In der Sekunde, in der er nach seinem Penis griff, um ihn an der richtigen Stelle zu platzieren, in dieser Sekunde war sie sich sicher gewesen, diesem Jungen hörig zu werden, wenn es ihm gelänge, sie zu nehmen.

Natürlich war es nicht fair, sich einfach wortlos unter ihm wegzudrehen und abzuwenden, und ihm damit eine silberne Klinge in die Seele zu stoßen, vielleicht sogar in den Körper. Aber was hätte sie ihm sagen können? Was hätte sie tun können? Sie wäre selbst für immer verloren gewesen.

Eine Weile noch stand sie angezogen an diesem riesigen Fenster und schwieg. Sie hörte seine Stimme in ihrem Rücken, Fragen von unerträglicher Zartheit und Wörter, die sie nicht mehr erreichten. Schließlich ging sie mit verwirrten Sinnen, ohne ihn jemals wiederzusehen.

Lilly spürt die Klinge nun in sich selbst, sie steckt tief, und sie weiß nicht, wie sie mit diesem Schmerz umgehen soll. Frank wird sich nicht umdrehen, wird sie nicht retten, genau wie sie sich damals nicht mehr umdrehte, um den Jungen zu retten.

Manchmal legt das Leben Dinge endgültig fest, und manchmal mordet es leise.

Langsam reibt Lilly sich den klebrigen Saft von den Fingern und zieht sich an. Zögernd tritt sie zur Tür, schaut sich um und geht ohne ein Wort des Abschieds mit verwirrten Sinnen. Sie wird ihn niemals wieder sehen.

Seine Stimme erklingt sanft hinter ihrem Rücken. Dabei ist es egal, dass er nicht zu ihr spricht, es ist sogar gleichgültig, was er sagt. Wahrscheinlich könnte er die Gebrauchsanweisung eines neuen Hi-Fi-Gerätes mit Selbstreinigungsmechanismus vorlesen, es würde ihr denselben Schauer über den Rücken jagen.

Lilly steht am Fenster in dem großen Tanzsaal und schaut hinunter auf den nassen Asphalt.

»Wir beginnen jetzt noch einmal von vorn«, sagt die

Stimme hinter ihr. Seine Schritte, die sich ihr nähern, sind leicht. »Sie kommen hier zurecht?«

Sie kann seine Nähe spüren, sieht das blaue Hemd, das zu seinen Augen passt.

»Ja«, sagt sie, »ich komme zurecht. Ich wollte nur einmal schauen, woher die Musik stammt. Ich habe den Tango unten auf der Straße gehört. Es hat mich neugierig gemacht.«

»Wenn Sie möchten, können Sie bis nach der Stunde dableiben und zuschauen, dann erkläre ich Ihnen das Kurssystem. Haben Sie schon mal Tango getanzt?«

Lilly schüttelt den Kopf. »Nein, ich glaube, das ist nichts für mich.«

Die Lüge geht ihr leicht von den Lippen und vielleicht ist es auch keine, vielleicht hat sie nie wirklich getanzt, sondern nur mit Frank getanzt.

Vorsichtig riskiert sie einen kurzen Blick und schaut in dieselben ernsten Augen wie damals vor zehn, elf Jahren.

»Es ist nie zu spät, um etwas Neues anzufangen«, sagt er leise. Sein Blick gleitet über ihr Gesicht und auf seiner Stirn erscheint eine nachdenkliche Falte. »Kennen wir uns?«

Er sieht erwachsener aus, findet Lilly, vielleicht auch trauriger. Da sind dünne Linien unter den Augen und sein Mund wirkt verschlossener, doch sein Duft ist noch genauso anziehend wie damals. Sie fragt sich, was er in all den Jahren wohl getan hat, ob er die Situation jemals vergessen hat, ob er Frauen geliebt hat, was aus seiner Suche nach der Zeit bis heute geworden ist.

Immer noch sieht er sie fragend an.

Sie schüttelt den Kopf. »Nein, ich denke nicht, dass

wir uns kennen.« Lilly wendet sich ab. »Ich wollte Sie nicht stören, verzeihen Sie mir.«

»Mein Haus ist fast immer offen. Sie können jederzeit wiederkommen, da gibt es nichts zu verzeihen.«

»Doch«, sagt sie und senkt den Kopf. »Das gibt es ...«

Ehe er etwas erwidern kann, geht sie an ihm vorbei und steigt die Stufen hinunter. Am Ende, fast schon am Ausgang, hängt das alte Poster von Che mit dem strengen Blick.

Sein Gesicht hingegen scheint mit den Jahren weicher und versöhnlicher geworden zu sein. Vielleicht sind wir alle nur auf der Suche nach der verlorenen Zeit, denkt Lilly und tritt auf die nächtliche Straße hinaus.

Als sie sich noch einmal umdreht, sieht sie Manuel oben am Fenster, verträumt schaut er in die Ferne. Lilly betrachtet ihn und fragt sich, was geschehen wäre, wenn sie sich damals an diesen Schultern festgehalten hätte, wenn sie ihm gestattet hätte, sie zu nehmen, sie zu besitzen, sie aus allem herauszulösen, was damals ihr Leben bestimmte ... wenn sie sich diesem harten Schwanz hingegeben hätte, wenn er sie geöffnet hätte, für seine Welt ...

Aber da tritt eine junge Frau mit hellen Haaren und einem viel zu bunten Kleid hinter ihn. Zärtlich legt sie ihre Hand auf seine Schultern und lächelt zu ihr herunter.

Lilly spürt den Stich der silbernen Klinge zum zweiten Mal an diesem Abend, diesmal jedoch tiefer, und wie sie sich in ihren Eingeweiden langsam dreht und die Wunde weiter aufreißt. Sie weiß, auch ohne länger hinzuschauen, dass diese Puppenaugen ihr folgen werden, bevor der erdbeerfarbene Mund sich Manuel zum Kuss anbietet.

Eine leise Melodie ertönt hinter ihr und fließt wehmütig über die nasse Straße.

Tango, überlegt Lilly, spricht eben niemals wirklich von Liebe.

Mittwoch

Es ist zu heiß unter der Bettdecke. Lina fühlt, wie ihr der Schweiß unter den Brüsten zusammenläuft und in kleinen Rinnsalen an ihren Rippen entlangfließt. Doch sie scheut sich die Decke anzuheben.

Jonathan mag es nicht im Freien, wie er sagt. Er kann es nicht leiden, wenn sie ihm dabei zuschaut, wie er gleich einem großen, behäbigen Käfer über ihren nackten Bauch nach unten robbt. Er möchte es lieber heimlich tun, und schummrig soll es dabei sein.

Lina weiß, er hat es am liebsten, wenn um ihn herum alles dunkel ist und ihr Körper von seinen Berührungen allmählich überall so glitschig und feucht wird wie ihr Geschlecht.

Dass Jonathan unter dieser Decke überhaupt noch atmen kann, ist ihr wie immer ein Rätsel. Aber er lebt noch, denn sie kann seine Hände fühlen, die jetzt ihre Hüften umschließen und seine Zunge, die ihren Bauchnabel kitzelt.

Ihren Bauchnabel zu kitzeln, ist eines seiner Rituale, auf die er beim Sex besteht. Bevor er in sie eindringt, liebkost er immer zuerst mit seinem Mund ihren Bauch und dann ihr Geschlecht. Jonathan nennt es einen züngelnden Liebesbeweis, und er erbringt diesen

Liebesbeweis jedes Mal gewissenhaft, ob sie will oder nicht.

Gelegentlich wünscht sie, er würde es lassen, würde all dies einfach nicht mehr tun. Aber ab einem gewissen Punkt – etwa, wenn sein Mund, so wie jetzt, ihr Geschlecht erkundet – beginnt Lina die Sache mit Jonathan, der Hitze und der feuchten Haut hinzunehmen.

Wenn seine Zunge zwischen ihre Spalte gleitet und das nasse Fleisch auseinander drückt, wird die Sehnsucht ihres Körpers nach Zärtlichkeit für einen Augenblick stärker als die Sehnsucht ihres Herzens, und sie schließt die Augen. Dann ist sie Jonathan sogar ein bisschen dankbar, dass er sich ihr nicht offen zumutet, dass sie nur seine Hände und seine Zunge spürt, und alles andere vergessen kann.

Wie ein winziger, glitschiger Phallus drängt seine Zunge sich in ihr Innerstes hinein, und sie zieht die Schenkel an. Automatisch kippt ihre Hüfte ein wenig nach vorn, um den nassen Lippen mehr Raum zu geben, sie zu lecken. Der warme Speichel vermischt sich mit ihrem Schleim und läuft ihr aus dem Loch über den schmalen Damm. Eine süße, brennende Spur bleibt zurück, berührt ihren Anus. Sie wünscht die Zunge würde der Spur folgen, würde sie auch dort so richtig nass machen, doch den Anus leckt er nie. Da hat Jonathan Prinzipien. So sehr sie auch versucht hat, ihn dazu zu bewegen.

Eine Frau, so sagt er, braucht die Klitoris, um zum Orgasmus zu kommen.

Nicht nur, möchte Lina ihm da jedes Mal erwidern. Aber sie hat gelernt, dass der Mann, dessen Leben sie noch immer teilt, nur schwer von seinen Überzeugungen abzubringen ist.

Deshalb dauert es auch nicht lange, bis sich seine Zunge aus ihrem Loch herauswindet, und sie seinen Mund am Rand der kleinen Knospe fühlen kann. Jonathan ist verlässlich.

Sanft umschließen seine Lippen die aufgerichtete Liebeskugel und pressen sie ein wenig, ziehen daran, betupfen und küssen sie, zwirbeln sie leicht zwischen den Zähnen und sorgen dafür, dass ihr Blut schneller durch die Adern fließt.

Lina rinnt der Schweiß aus allen Poren, während die Zunge schneller und rhythmischer wird, dann lutscht Jonathan plötzlich wieder gierig an ihrem Kitzler, wie ein Kind an einem Bonbon, das es nie wieder hergeben will.

Lina fühlt schon die angenehmen Wogen anrollen, in denen ihr Körper nur allzu gerne versinken würde, das leichte Zittern, doch wie immer bricht Jonathan genau an diesem Punkt ab, schiebt ihr wie zur Versöhnung einen Finger durch die enge Pforte, um zu testen, wie bereit sie ist. Vorsichtig reibt er in dem dunklen Gang ein paar Mal hin und her, tut eine Weile so, als würde wieder ein dünner, diesmal festerer Phallus in ihr auf- und abgleiten, während sie auf ihrer Perle nur noch seinen heißen Atem fühlen kann.

Selbst von der großartigen Taktik seines Spiels überzeugt, zieht Jonathan den Finger schließlich aus ihr heraus, robbt erneut wie ein schwerfälliger Käfer über ihren Leib, taucht aus den Tiefen des Federbettes über ihr auf und schnappt nach Luft, um ihr noch im selben Atemzug seinen steifen Schwanz in die Möse zu stoßen.

Für Lina ist diese Wandlung des Geschehens immer eine schwierige Angelegenheit. Auch wenn sie den Ablauf in- und auswendig kennt, so kann sie meistens nicht schnell genug mithalten. Sie vermisst die intensive Liebkosung der Zunge, die sie so weit gebracht hat, vermisst das Alleinsein mit ihren Gedanken und Gefühlen und braucht manchmal mehr als einen Moment, um sich auf den dicken Schwanz in ihrem Inneren einzustellen, dessen Drängen und Stoßen ihren ganzen Körper wie ein Erdbeben in Erschütterung versetzt.

Jonathans Leib auf ihrer Brust raubt ihr jede Bewegungsfreiheit: Er nimmt ihr mit seinem Gewicht den Atem, sie fühlt ihn schwitzen, spürt ihn über ihren nassen Körper hin- und herrutschen, seine Brusthaare reiben hart über ihre Haut, sie riecht seinen Schweiß, der ihr in der Nase brennt und fragt sich, warum sie das alles eigentlich immer noch zulässt?

Da steigert der harte Schwanz in ihrem Inneren den Rhythmus, stampft nun unablässig auf und nieder, zersetzt dabei sogar für einen Augenblick ihre Gedanken, reißt sie mit sich in ein dunkles Loch, in dem sie für den Bruchteil einer Sekunde sich selbst nur als geiles, nasses Fleisch sieht, dem es gleich ist, welcher Stab sie durchlöchert.

Sie kann wieder die Wellen in sich rauschen fühlen, die Vorstellung, dass ein Fremder von der Straße, jemanden, den sie nie wieder sehen wird, in ihr feststeckt und sie mit plumpen Stößen vor sich hertreibt. Sie hört Jonathans Grunzen über sich und strengt sich an, die schmutzige Straßengeschichte in ihrem Kopf nicht zu verlieren und dem fremden Schwanz einfach ausgeliefert zu bleiben. Sie versucht, sich an die Zunge zu erinnern, stellt sich vor, ein zweiter Mann würde sie gleichzeitig lecken, während der erste seine Stöße weiter unbarmherzig in sie hineinrammt. Verzweifelt verbannt sie Jonathan aus den Bildern, denn sie will fremde Männer, fremde Lippen, die an ihrer Knospe saugen, sie will unbekannte Schwänze, die ungezähmt durch ihre nasse Pforte jagen, und um sich dem hämmernden Rhythmus des echten Gliedes in ihrer Möse anzupassen, öffnet Lina die Schenkel noch weiter.

Wieder ächzt und grunzt Jonathan an ihrem Ohr, sein Speichel fließt ihren Hals herab, sie kann seinen Atem riechen, der ungehindert in ihre Phantasie hineinströmt und all die Bilder, die sie in der Schwebe ließen, augenblicklich zersetzt. Der Nebel um sie herum lichtet sich, und Lina stürzt ungehindert mitten in ihre klaren Gedanken, in Licht erfüllte Räume hinein, die ihr das ganze Ausmaß des Elends deutlich machen. Wie ein zur Strecke gebrachtes Tier mit offenem Geschlecht sieht sie sich selbst in dem Bett, über sich den keuchenden Rammbock, von dem sie nur noch will, dass er sich endlich zu Tode stößt.

Jonathans Stöhnen wird lauter, sie windet sich darunter und weiß, er wird es für ihre Erregung halten. Es ist hoffnungslos.

Noch einmal versucht sie der Wirklichkeit zu entfliehen, denkt noch mal an andere Männer, an andere Schwänze, schön pralle, die sich ihr in den Mund drängen, die sie schluckt, feuchte Stäbe, die sie mit den Fingern umklammern kann, um sich daran festzuhalten, um ihren Saft aus ihnen herauszupressen, sie denkt an unzählige Männergesichter, die ihr zusehen, wie sie

Sex hat, und dann passiert es! Dann ist es da, das eine Gesicht, das sie so liebt. Sie kann es sehen, als wäre er wirklich hier, so nah, als könne sie danach greifen, wie damals …

Aber genau das will sie nicht. Das ist vorbei, schon viel zu lange.

Sie möchte schreien vor Schmerz, möchte aus sich selbst heraus, bevor es geschieht, bevor diese blauen Augen sie in ihrem Inneren wieder anschauen, denen sie mit Leib und Seele verfallen ist.

Doch je lauter der Rammbock auf ihr stöhnt, desto weniger kann sie verhindern, in die Augen des Anderen zu versinken und in dessen Arme zu gleiten.

Als Jonathan seine Finger zwischen ihren Körper zwängt, sie hart auf die Knospe presst, bis es wehtut, und ihr ins Ohr keucht, dass sie jetzt kommen soll! »Jeeettzzzzt!!!«, da ist sie von all dem schon viel zu weit entfernt, als dass es sie noch berühren könnte.

Eingehüllt in jene blauen Augen, in jene schmerzende Liebe fällt sie stumm in eine bodenlose Leere, während der Mann in ihr seinen heißen Saft in sie hineinschießt.

»Ich liebe dich«, murmelt Jonathan, als er von ihr herunterrollt und gibt ihr einen Kuss auf die Wange.

»Ich dich nicht«, möchte sie sagen, aber sie kann noch nicht reden. Stattdessen schluckt sie die aufsteigenden Tränen hinunter und rollt sich auf die Seite. Durch die halb offenen Vorhänge dringen die Sonnenstrahlen zu ihr und Lina empfindet es wie einen Verrat. Wie eine Aufforderung nach Lebendigkeit, der ihre Seele nicht mehr folgen kann.

Nach einer Weile hört sie Jonathan aufstehen. Er

hantiert mit den Vorhängen, reißt sie schließlich ganz auf, und sie hasst ihn nicht nur dafür. Das Licht tut ihr weh und sie wäre gerne allein. Irgendwie für immer. Aber auch das sagt sie Jonathan nicht.

Er würde es nicht verstehen. Er ist Naturwissenschaftler, da funktioniert Denken nun mal nur geradeaus.

»Die Sonne scheint, Liebes. Was würdest du davon halten, wenn ich heute nicht zur Arbeit gehe? Wir könnten uns einen schönen Tag machen.« Er beugt sich zu ihr herunter.

Nichts, denkt sie. Nichts, würde ich davon halten. Sie schließt die Augen. Sein Atem ekelt sie an, schweigend taucht sie unter ihm weg, steht auf und flüchtet ins Bad.

»Ich werde uns Frühstück machen«, ruft er ihr nach, während sie die Tür abschließt.

Eine Weile schaut Lina in den Spiegel, und lässt Wasser in die Wanne laufen. Sie hört ihn nebenan klappern. Bloß kein Frühstück mit Jonathan, kein Brot, kein Ei, kein Tee, nichts davon, denkt sie, ihr Hunger ist dafür viel zu groß.

Mit einem Seufzer steigt sie in die Wanne, nimmt den Schlauch mit der Handdusche und nach einem kurzen Zögern, hält sie sich den warmen, festen Strahl direkt auf die Möse.

Es wird zwar ihre Seele nicht wieder ins Lot bringen, dafür aber wenigstens ihren Körper. Ihre Brustspitzen richten sich auf, und auch die kleine Knospe zwischen ihren Schenkeln erwacht aufs Neue.

Sie hört Jonathan leise pfeifen, während der Wasserstrahl genau auf die richtige Stelle zielt und fühlt den angenehm warmen Druck auf der gierigen Perle. Zärtlich kreiselt sie ein bisschen über dem empfindlichen Punkt, hält den Strahl direkt in ihre Pforte und spült sich Jonathans Reste aus dem Leib, um wieder frei zu sein.

Als Lina die Augen schließt, ist er sofort wieder da. Sie spürt den Blick der blauen Augen auf ihrer Haut, die sich damals so leicht mit der Farbe des Himmels in Paris vermischten.

Seine Hände gleiten über ihre Wangen, seine Lippen berühren ihre Brüste, umschließen die rosigen Spitzen, rutschen über ihre Taille hinweg zu ihrer Möse und beginnen sie zu verwöhnen. Seine nasse Zunge streichelt ihre Spalte, erregt die pralle Perle, die sich seinen Liebkosungen entgegenstreckt. Ihre Haut wird weich unter seinen Küssen, während sie mit dem Wasserstrahl nun genauer zielt. Ihr Atem wird schneller, sie träumt sich zurück in diese Arme, die sie so fest gehalten haben, und dann denkt sie an seinen Schwanz, der sich langsam in ihren Mund schiebt. Die Vorstellung, noch einmal unter diesem schlanken, biegsamen Körper zu liegen, seinen harten Phallus zu lutschen, den heißen Saft auf ihrer Zunge zu fühlen und die süße Sahne genüsslich zu schlucken, erregt sie zutiefst.

Seine langen Finger dringen in sie ein. Abwechselnd zieht sie den Wasserstrahl über ihre Knospe und lässt ihn dann wieder in ihre Höhle fließen. Die Gier in ihr wächst, denn der Mann in ihren Erinnerungen hebt sie nun auf seinen Schoß und schraubt seinen Schwanz in sie hinein. Er füllt sie vollends aus und rutscht sogar noch spielerisch mit den Fingern über ihren Hintern.

Lina spürt seine Hand an ihrem Anus, während er immer tiefer und tiefer in ihre nasse Muschel hineindrängt. Sie will ihn ganz, will ihn überall, sie will ihn noch mal schlucken, will, dass er ihr die Möse voll spritzt, will ihn in ihrem Hintern, will ihn in sich hineinpressen, – bis ein Klopfen an der Tür sie erstarren lässt.

»Brauchst du noch lange, Liebes? Der Tee ist fertig.«

Jonathans Stimme erreicht sie wie aus weiter Ferne. Diese Stimme kann den Zauber ihrer Phantasie nicht brechen, nicht in diesem Augenblick.

Lina hält den harten Strahl nun direkt auf ihren empfindlichsten Punkt und verliert sich erneut in den Blick der blauen Augen und in der Erinnerung an die rhythmischen Stöße seines Schwanzes, die sie zum Höhepunkt schwemmen.

»Liebes? Brauchst du noch lange?« Jonathans Stimme ist nun näher und lauter.

»Nein«, stammelt sie, »nein, ich brauche nicht mehr lange«, und im selben Augenblick bricht die kleine Perle zuckend unter dem Ansturm des Wassers zusammen, reißt ihre Sinne und ihren Körper mit sich, und Lina befreit ihre Sehnsucht in einem lautlosen Schrei. Genüsslich gibt sie sich dem Aufbäumen ihres Körpers hin, so dass das warme Wasser aus der Wanne schwappt.

»Ist alles in Ordnung?«

»Ja«, murmelt sie. »Es ist alles in Ordnung«, obwohl sie ihn damit schon wieder belügt.

Auf der anderen Seite der Tür lacht Jonathan laut auf. »Ich sag ja immer, es geht nichts über eine Portion guten Sex am Morgen.«

Ja, denkt Lina, mit dem richtigen Mann bestimmt.

Die flüssige Seife rinnt ihre Finger entlang. Sie wäscht sich gründlich. Eine Sekunde lang wünscht sie sich, sie könnte auch ihre Seele waschen und mit dem heißen Wasser die Traumfetzen aus ihrem Körper spülen. Aber der Traum wird wiederkommen, denn er ist einfach ein unauslöschbarer Teil von ihr.

Als sie aus dem Bad kommt, ist ihr Haar frisch gewaschen und ihr Gesicht fertig geschminkt, um alle Spuren ihrer Seelenqual daraus zu verwischen. Wie immer nach dem Phantasieren über allzu blaue Augen und zärtliche Hände, hat sie das Bedürfnis nach einer gewissen Distanz zu ihrem eigenen Leben. Doch Jonathans Blick zerrt an ihr, zerrt sie in die Küche an den Tisch, wo er bereits auf sie wartet.

Draußen ist es Sommer. Sie wird es wieder vergessen, solange sie die schlanken Hände noch auf ihrer Haut spürt und von seinen Lippen und seinen Augen träumt. Es ist jedes Mal so, so als käme sie gerade aus Paris – mit der Gewissheit im Herzen, nie wieder in ihren Alltag zurückkehren zu können.

Am liebsten wäre sie allein, um zu den Dingen zurückzukehren, die getan werden müssen, aber Jonathan schiebt ihr auffordernd den Korb mit den gebackenen Brötchen zu. Dann die Butter und das Ei.

»Guten Appetit, Liebes«, sagt er und sein Blick ist freundlich, was Lina erstaunt.

Er hat sein Ei schon auf dem Brot verteilt, das Weiße wie immer formlos zermatscht, während der flüssige Dotter vom Brotrand herab auf den Teller tropft. Lina muss wegschauen.

Sie weiß, wenn Jonathan jetzt das durchgeweichte Brot hochhebt, wird die Hälfte des Brotes mit dem Ei auf den Teller, wahrscheinlich sogar auf den Tisch fallen, und seine Finger und Lippen von dem Eigelb verschmiert werden.

Entschlossen zieht sie den schwarzen seidigen Morgenmantel fester um ihren Körper, denn sie will das alles nicht mit ansehen müssen, doch Jonathan leckt bereits mit seiner Zunge an seinen Mundwinkeln, um die letzten Tropfen Eigelb einzufangen. Als er sie nun anschaut, ist die Freundlichkeit in seinen Augen aufgeweicht, und Lina findet in seinem Blick nur noch die Frage, die sie längst schon erwartet hat: Die immer wiederkehrende Suche nach einer Bestätigung, von der sie weiß, dass sie sie aussprechen muss, damit er als Mann gänzlich befriedigt ist. Noch eine Lüge, um ihre Ruhe zu haben.

Jonathan kommt ihr auf halbem Weg entgegen. »Es war schön heute Morgen, nicht wahr?«

Lina lässt ihren Kopf auf die Brust sinken und hofft, dass er diese Geste als Zustimmung liest, aber Jonathan ist hartnäckig wie ein Kind, das seinen Willen durchsetzen möchte. Er streicht ihr über das Haar, sie denkt an das zerdrückte Ei an seinen Fingern und dreht sich weg, um ein Glas Wasser zu holen. Sie wünscht sich, alles im Leben könnte so klar sein wie das Wasser, das sie trinkt. Eigentlich müsste sie jetzt sagen: »Mit uns, das ist vorbei, Jonathan.«

Nach jedem Sex weiß sie es wieder. Nach jedem Akt ist es unmissverständlich für sie, aber sie haben nicht so häufig Sex, und außerdem sind da noch die Abende ohne blaue Träume, die, mit netten Gesprächen, mit gemeinsam gehörter Musik, die mit Freunden verbrachten Stunden.

Dann denkt sie wieder, es ist eigentlich zu spät, diesen Satz zu sagen. Sie hätte es damals tun müssen, als sie aus Paris zurückgekehrt ist. Denn genau genommen ist sie nie zurückgekommen. Aber das hat Jonathan bis heute nicht gemerkt. Sie stellt das Glas unter seinem fragenden Blick ab.

»Was möchtest du heute tun, Liebes?«

Lina schaut ihn an, unfähig zu lächeln. Diese Frage ist eine der wenigen, die ihnen noch geblieben ist. Sie kann sich nicht mehr erinnern, wann die anderen Fragen verloren gingen. Sie weiß nur, dass Jonathans Haar darüber schütter, seine Haut milchigweiß und sein Körper um die Hüften herum runder geworden ist. Dennoch gibt es Augenblicke, in denen sie in Jonathan den neugierigen Studenten wiedererkennt, der mit tausend Fragen an das Leben herangetreten ist. Wenn er, zum Beispiel, ein neues Buch entdeckt hat und ihr daraus vorliest, um dann eine Nacht lang eine Theorie für die Rettung der Menschheit zu ersinnen. Dann ist es fast so wie früher, als alles noch möglich war.

Aber das sind seltene Augenblicke. Meistens ist er jetzt nur noch Professor. Und er scheint sich damit abgefunden zu haben, dem Leben Antworten entgegen zu halten. Antworten, die er bewertet und beurteilt, so wie es die Ordnung vorsieht. Da er die Antworten kennt, fragt er Lina schon lange nicht mehr nach den wesentlichen Dingen.

Auch nach Paris hat er sie niemals gefragt. Obwohl es eigentlich unmöglich gewesen war, ihre Veränderung zu übersehen. Er tat es dennoch. Wahrscheinlich ordnete er das Ganze insgeheim der Rubrik »schief gegangene Lebensexperimente« unter. Wenngleich es sich gewiss seiner Logik und seiner Phantasie entzog, was alles in fünf Tagen schief gehen kann. Für Jonathan war und ist Liebe nichts anderes als eine Konstante, die geradewegs ins Innere des Universums führt. Da musste nichts mehr in Frage gestellt werden. Das war und ist die unabänderliche Antwort.

»Ich habe noch zu arbeiten«, antwortet Lina schließlich und will aus der Küche fliehen. Der Geruch des Frühstücks schlägt ihr allmählich auf den Magen. Sie will nur an ihren Schreibtisch und schreiben, um mit ihren Gedanken allein zu sein. Aber Jonathan lässt sie noch nicht gehen, sondern hält ihr eine Zeitung unter die Nase.

»Ich dachte, es wäre mal Zeit für etwas Neues in unserer alten Ehe«, sagt er mit einem humorvollen Unterton und blinzelt mit den Augen. Er zeigt auf ein Photo. »Ich dachte, wir versuchen mal etwas anderes. Was hältst du davon, wenn wir Tango tanzen lernen? Heute Abend beginnt ein Kurs. Wir könnten mal hineinschnuppern, ich habe mit denen schon telefoniert.«

Sie schaut auf das Bild, und ihr Körper krampft sich schmerzlich zusammen, als habe man sie gerade mit kochendem Wasser übergossen. Willenlos gleitet sie auf den Stuhl zurück, während sie Mühe hat das Zittern ihrer Hände zu verbergen. Seine blauen Augen, sein Lächeln, seine Lippen, alles wie damals – und wie vorhin in ihrer Phantasie, nur viel realer.

Sein Blick ist vielleicht ein bisschen unbeschwerter, nicht so dramatisch wie in Paris, aber sonst? Schmetterlingsflügel gleiten über ihre Wangen, sie fühlt, wie sie rot wird. Ihr Herz schlägt um sich wie ein wildes Tier, das man nach langer Gefangenschaft plötzlich freigelassen hat.

Er hatte es also geschafft und sogar eine eigene Tanzschule gegründet. Eine Tangotanzschule!

Die tiefe alte Wunde reißt langsam wieder auf: Die Stunden, Tage, Wochen und Monate des Schweigens sind plötzlich wieder da. Die schlaflosen Nächte, die Schmerzen, die Tränen, die unendliche Leere, der Kampf mit dem Leben, alles türmt sich vor ihr auf und bemächtigt sich ihrer wie ein dunkler Schatten. Und auch diese verdammte Liebe ist wieder da, lebendiger als in ihren Träumen.

Schließlich schaut sie zu Jonathan herüber. Weiß er mehr, als er bis heute gesagt hat? Weiß er, was in Paris geschehen ist? Ist dieses Photo eines seiner Experimente? Doch in Jonathans Blick liegt nichts als kindliche Freude darüber, sie überrascht zu haben.

»Ich wusste, es würde dir gefallen.« Er lacht. »So sprachlos warst du das letzte Mal, als ich dir einen Heiratsantrag gemacht habe.« Mit einer nachlässigen Bewegung schiebt er den mit Ei bekleckerten Teller von sich mitten in die Brotkrümel hinein und steht auf. »Ich werde noch ein paar Besorgungen machen und mir ein paar neue Schuhe zum Tanzen kaufen. Auf dem Rückweg gehe ich bei diesem Manuel Mauberg vorbei, um für den Abend unser Kommen zuzusagen.« Wieder streicht er ihr über das Haar. »Warum hast du es eigentlich damals in Paris abschneiden lassen? Ich mochte es lang lieber«, sagt er. »Aber gut, es wird wieder wachsen«, und dann hört Lina ihn im Flur hantieren. Kurz darauf fällt die Haustüre hinter ihm ins Schloss.

Endlich ist sie allein – mit dem Foto in der Zeitung und dieser Liebe, die in ihr wütet, als wäre es gestern gewesen.

Lina sitzt in ihrer gelben Ente in der Garage, und blättert fieberhaft in dem handgeschriebenen Buch. Der Eintrag muss weiter hinten sein, sie war später in Paris … Die Seiten sind dünn und die Schrift ist unregelmäßig. Manches kann sie kaum entziffern, obwohl sie es selbst niedergeschrieben hat.

Den Koffer mit ihren Tagebüchern hält sie immer unter den Sitzen des alten Wagens verborgen. Hier ist er sicher, denn hier würde Jonathan nie danach suchen.

Er sagt, er würde das alte Schrottvehikel nicht mal mit der Zange anfassen, geschweige denn sich hineinsetzen. Er hasst die Ente, deren Gelb allmählich ins Rostige wechselt, und deren Gaspedal an jeder zehnten Ampel neu angezogen werden muss, damit es nicht verloren geht.

Aber für Lina ist dieses Auto die letzte Erinnerung an ein Leben vor Jonathan, vor den geregelten Abläufen zwischen den Mahlzeiten, vor den gestreiften Schlafanzügen und den zermatschten Eiern auf dem Frühstücksbrot.

Und eine Erinnerung an Paris!

Lina blättert weiter. Ah, da ist die Stelle.

Ich habe mich mit Lucy in Paris verabredet – fünf Tage Freiheit. Wir fahren mit der Ente. Lucy will in den Louvre und ich, ich will leben, ich will den Himmel sehen und genießen.

Und was für einen Himmel sie gesehen hat! Eingefangen in ein paar helle Augen.

Doch vorher bekam Lucy Zahnschmerzen und sagte die Fahrt ab, als Lina schon mit der Reisetasche auf dem Weg zur Garage war. Vor Wut und Enttäuschung hätte sie am liebsten geheult. Paris ohne Lucy, das war wie Schuhe kaufen ohne Zeit zu haben oder wie Eis ohne Sahne, eben einfach nichts. Doch als sie schon wieder zurück ins Haus gehen wollte, kam ihr Jonathan entgegen. Er hatte den mitleidigen Blick eines Hundefängers aufgesetzt und in der Hand trug er bereits das ein wenig zu schnell gezückte Taschentuch, das von seinem Großvater mit dem roten Streifen am Rand, für die zu erwartenden Tränen.

Da beschloss sie kurzerhand, allein nach Paris zu fahren. Schließlich war ein Eis ohne Sahne immer noch besser als ein Gemüseburger mit Jonathan.

Lina kam jedoch nicht sehr weit, denn nach zwanzig Kilometern streikte die Ente zum ersten Mal. Das Gaspedal balancierte nur noch auf dem äußersten Rand einer Schraube und vibrierte unter ihrem Fuß so stark, dass sie fürchtete, es nicht mehr bis zur nächsten Tankstelle zu schaffen.

Lina fährt mit dem Finger über die eng beschriebene Seite.

Und dann stand er einfach da, groß, schlank und irgendwie sehr traurig. Seine Augen wirkten in dem Sonnenlicht fast durchscheinend, als hätten sie es aufgegeben, etwas wahrnehmen zu wollen. Seine Füße steckten in eng anliegenden, glatten Schuhen, die nicht für die Straße gemacht zu sein schienen, eigentlich unmöglich, damit den Boden wirklich zu berühren. Er hatte eine Flasche Rotwein gekauft und steckte sich gerade gedankenverloren an der Tankstelle eine

Zigarette an. Ich musste ihn drei Mal fragen, ob er mir helfen könnte, und als ich seine gepflegten schmalen Hände sah, hätte ich die Frage am liebsten zurückgenommen.

Trotz ihrer Befürchtungen zog er die Schraube fest, obwohl der Schraubenschlüssel aus hartem Metall und diese schlanke Männerhand einfach nicht zusammenpassten. Seine Augen blieben auch im Schatten des Wagens durchscheinend, und als er sie fragte, ob sie ihn ein Stück mitnehmen könnte, ohne zu sagen, wohin er eigentlich wollte, hatte sie nur genickt, ohne zu sagen, wohin sie wollte.

Manuel warf die Rotweinflasche auf den Rücksitz – sie liegt heute noch dort – und nahm selbst auf dem Beifahrersitz Platz. Nach der dritten Kurve lag sein Kopf ans Fenster gelehnt, und er war eingeschlafen. Da hatte Lina ihn einfach bis nach Paris mitgenommen wie einen kleinen Kater, der ihr zugelaufen war.

Etwas bekümmert ihn, über das er nicht spricht. Er schweigt überhaupt sehr viel, nur seine Augen gleiten hin und wieder über mich hinweg, wie Regentropfen, die an einer Glasscheibe vergeblichen Halt suchen. Ich möchte wissen, ob es eine Frau war, die ihn so verletzt hat. Würde ihn gerne küssen, dabei weiß ich nicht mehr von ihm als seinen Namen.

Lina sieht sich für einen Augenblick lang wieder in dem kleinen Café sitzen und diese Zeilen hinkritzeln, während er zur Toilette gegangen war. Es war eines dieser Cafés für Touristen, ein bisschen schrill, ein wenig zu laut, aber dennoch typisch für Paris. Der Duft von frischen Croissants hing im Raum und im Hintergrund sang eine tiefe Stimme französische Chansons.

Manuel trank seinen Milchkaffee mit einem Berg von Zucker und fand es mit keinem Wort ungewöhnlich, in Paris zu sein.

Und Lina fand es ebenso wenig ungewöhnlich: Wie eine Muschel, die ihr von einer Welle direkt vor die Füße gespült worden war, hatte sie ihn aufgehoben und mitgenommen, nichts weiter.

Eine Weile starrte er schweigend aus dem Fenster des Cafés und wirkte so, als wäre er gar nicht anwesend. Noch heute erschreckt Lina vor der Einsamkeit und der unendlichen Sehnsucht, die damals in dem Moment verborgen lag. Doch dann wandte er sich ihr plötzlich zu und küsste sie, ohne sie anzuschauen. Seine Lippen waren weich und noch süß von dem Kaffee. Sanft drückten sie ihren Mund auseinander und lockten ihre Zunge zum Tanz.

Aber genauso plötzlich wie er angefangen hatte, sie zu küssen, hörte er auch wieder auf. Manuel stand auf, griff ihre Hand und zog sie raus auf die Straße.

»Komm, lass uns ein Hotel suchen, bevor es Nacht wird«, schlug er vor.

»Es ist gerade mal Mittag«, wollte sie entgegnen, doch da fiel ihr zum ersten Mal der seidige Ton in seiner Stimme auf. Augenblicklich schwieg sie. Es war etwas so Feines, Zartes, wie sie es noch nie zuvor bei einem Mann wahrgenommen hatte. Wie ein schwebendes Tuch umhüllte sie diese Stimme und berührte jeden Millimeter ihres Seins.

So ging sie wie betäubt mit ihm mit. Sie hätte es auch dann getan, wenn er sie geradewegs in die Hölle geführt hätte.

Das Seidige seiner Stimme floss in seine Hände und

in jede seiner Bewegungen. Noch bevor wir das Zimmer im siebten Stock betraten, in dem es nach frischen Blumen und einem Hauch von Parfüm duftete, war ich verloren.

Ich weiß nicht, wer dieser Mann ist, noch was er ist, ich weiß nur, ich will nie wieder die Finger von ihm lassen.

Niemals haben Arme mich derart umschlossen, ganz so, als gäben sie mir einen Rahmen, einen Halt und doch alle Freiheit.

Wenn er sich bewegt, hat er die Anmut eines Tänzers, und wenn ich seine Schuhe anschaue, dann denke ich, er könnte wahrhaftig einer sein.

Lina blätterte weiter.

O Gott, mein Herz war so ungestüm, meine Finger so ungeschickt, ich verhedderte mich in meinem Kleid, bis er lächelte und mich auf das Bett legte. Zärtlichkeiten auf blauem Samt. Ich krallte mich in der Decke fest, überließ mich seinen Küssen, die meinen Hals streiften, meine Brüste, meinen Bauch, die mir jeden Stoff vom Körper streichelten und hungrig an meiner Knospe knabberten wie an einer süßen Frucht.

Als er aufstand, war ich voller Begierde zu sehen, wie er sich auszieht – wie noch nie zuvor bei einem Mann, ich schwöre. Jede seiner Bewegung war eine Augenweide: so leicht und geschmeidig, dass meine Augen einfach nicht müde wurden, ihn anzuschauen. Als er die Finger an den Reißverschluss legte, fühlte ich, wie ich vor lauter Sehnsucht nass wurde. Mein Geschlecht schwamm im heißen Saft, während der Stoff von seinen Beinen glitt. Er trug nichts unter seiner Jeans und sein harter Stab ragte geradewegs vor mir auf wie eine grazile Schönheit, die sich ihrer Wirkung bewusst ist.

Ich wollte nach seinem Schwanz greifen, alles in mir schrie nach ihm, aber ehe ich etwas tun konnte, war Manuel schon wieder über mir. Und wieder diese Küsse, die mich liebkosten, die meine Haut verführten, die mich lockten, streichelten, und mich zwangen, mich aufzulösen und ganz und gar hinzugeben. Mit zarter Bestimmtheit nahm er mich mehr und mehr in Besitz – erst mit den Lippen, dann mit den Händen, schließlich mit diesem Stab, der mich feucht und heiß eroberte und so tief in mich eindrang, bis alles um mich herum verloren ging.

Diese Leichtigkeit seines Körpers machte mich rasend. Sie war etwas, das man haben will und doch nie zu fassen bekommt. Ich genoss das drängende Reiben seines Schwanzes und fühlte, wie meine und seine Lust wuchs. Seine Lippen knabberten an meinem Ohr, seine seidige Stimme flüsterte mir unaufhaltsam Worte zu. Ich hörte seine Worte, und …

… spitz wie ein Dolch traf mich der falsche Name, den er flüsterte …, doch da war es schon zu spät: Ich konnte mich nicht mehr retten.

Eine Sekunde lang hielt er inne.

Manuel wusste, was geschehen war. Der falsche Name wirkte auch in ihm wie ein schleichendes Gift. Langsam dehnte es sich von seinem Kopf auf seinen ganzen Körper aus, zersetzte die Lust und das Verlangen. Die Spannung in seinem Körper ließ nach, bis er fast leblos wirkte.

»Verzeih«, flüsterte er und stützte die Arme auf. Seine Augen schienen in eine andere Zeit zu blicken,

und für einen Moment lang waren wir uns fremd, wie man sich nur in den Armen eines anderen fremd sein kann. Er wollte sich erheben, aber mein Körper klebte an seinem, oder war es schon mein Herz?

Jedenfalls schlangen sich meine Arme um seinen Hals, und kämpften gegen die drohende Angst, ihn zu verlieren, an. Ich zog ihn wieder näher an mich heran, öffnete die Schenkel noch weiter und bewegte mich eine Weile langsam vor und zurück. Dann schob ich ihn von mir, glitt an seinem Körper hinab nach unten und nahm seinen Phallus in den Mund.

Der Stab war sofort wieder fest, und das zarte Fleisch fuhr mir zwischen die Zähne. Mit der Zunge liebkoste ich ihn, saugte und lutschte daran und begegnete jedem seiner Stöße mit einem sanften Druck. Sein Reiben wurde heftiger, immer schneller fuhr das harte Glied zwischen meinen Lippen hin und her. Ich hörte Manuel leise schnurren und stöhnen, dann zog er mich plötzlich zu sich hinauf, umschlang meinen Körper und drang in mich ein wie jemand, der nichts mehr zu verlieren hat. Mit zärtlicher Wildheit stieß er zu, stöhnte leise auf und flüsterte mir mit seiner Stimme unverständliche Worte zu, die mich umhüllten und wegtrugen in eine atemlose Leere.

Als ich zu mir kam, floss sein Saft bereits aus mir heraus, und ich wünschte der fremde Frauenname hätte es auch getan.

Lina schließt das Buch und legt es zurück in den Koffer, den sie wieder unter den Sitz schiebt. Die Zeitung mit Manuels Foto liegt auf ihrem Schoß und sie fragt sich, wie so oft, wie sie ihn hatte verlassen können. Fünf Tage lang hatten sie sich immer wieder geliebt.

Sie hatte seinen Schwanz in unzähligen Variationen genossen, hatte seinen Saft getrunken, ihn auf dem Balkon und im Park geliebt, Croissants im Bett verkrümelt und süßen Sherry getrunken.

Am zweiten Abend trafen sie einen Bandoneonspieler auf der Straße an, der einen Tango spielte. Manuel summte die Melodie mit, während seine Füße ein paar verschnörkelte Schritte auf dem Asphalt zeichneten.

»Tango heißt nur tanzen, immer nur tanzen.«

»Aber ich tanze nicht«, wollte sie erwidern, doch das Seidige seiner Stimme ließ sie schweigen.

Da lächelte er sie zum ersten Mal an. Und in diesem Lächeln lag die ganze Geschichte: der Tango, die Liebe zu einer anderen Frau und auch sein Wunsch, neu zu beginnen.

So jedenfalls verstand es Lina. Von dem Moment an erschien ihr alles, jede Berührung, jeder Blick, jede einzelne Sekunde wie ein einziger Rausch. Sie vergaß ihr Leben in Deutschland, lebte nur noch von Augenblick zu Augenblick, bewegte sich von Zärtlichkeit zu Zärtlichkeit mit einem Gefühl, das alles neu erschuf.

Den Gedanken an das Ende zögerte Lina weit hinaus und hätte es vielleicht auch nie zu einem Ende kommen lassen, wenn nicht die Sache mit dem Anruf gewesen wäre.

Sie kam gerade aus dem Bad heraus, als sie ihn mit dem Handy auf dem Balkon stehen sah. Sie hörte, wie er der anderen auf den Anrufbeantworter sprach, und erst in diesem Augenblick erkannte sie, dass sie diesen Mann nicht wirklich gewinnen konnte. Egal, wie nah sie sich ihm glaubte, er war ihr immer eine Drehung voraus. Er war ein Tänzer, und er war ein verdammt guter.

Verletzt und außer sich vor Wut, hatte sie kein Wort, keine Erklärung, keine Berührung mehr zugelassen. Sie war davongerannt, kopflos und haltlos wie nie.

Sie hatte mit ihrer Ente noch nicht einmal die Stadtgrenze erreicht, als ihr klar wurde, wie sehr sie diesen Mann liebte, wie sehr sie seine Stimme vermisste und seinen Blick, auch wenn er sie manchmal überhaupt nicht wahrnahm. Sie sehnte sich nach seiner Art, den Kaffee zu trinken, und nach seinen Händen auf ihrer Haut. Doch sie war unfähig, umzukehren, denn zu viel Stolz und verletzte Eitelkeit standen ihr dabei im Weg.

Trotzdem hielt sie bei der nächsten Raststätte an und schickte ihm eine SMS, die alles erklären sollte.

Zwölf Stunden wartete sie dort, in der Nähe von Paris, auf Antwort.

Zwölf Stunden, in denen er keine Antwort auf das »Ich liebe dich« fand.

Lina friert noch immer, wenn sie an jene Nacht in ihrem Auto denkt.

Im Morgengrauen fuhr sie weiter, suchte auf dem Heimweg einen Friseur und ließ sich die langen Haare abschneiden als Erinnerung daran, dass sie nie wieder dieselbe sein würde.

Mit dem festen Vorsatz, alles zu vergessen, fuhr sie zurück zu Jonathan. Sie wollte auch die Frau vergessen, die sie in Paris gewesen war. Als Buße für ihr leichtfertiges Herz wollte sie ihre Ehe weiterführen, um diese wilde, romantische Liebe in sich zu zerstören, und fast wäre es ihr auch gelungen.

Lina legt das Bild von Manuel auf den Beifahrersitz. Sie schaut in den Rückspiegel, begegnet ihrem eigenen Blick und weiß, auch wenn sie im Leben nie mit Manuel getanzt hatte, so hatte sie es dennoch in ihrem Inneren getan.

Eine Sekunde denkt sie an Jonathan, an seinen Finger in ihrer Möse, denkt an seinen Vorschlag mit ihr tanzen zu gehen und muss plötzlich lachen. Nein, es war unwiderruflich das letzte zermatschte Ei an einem voll gekrümelten Frühstückstisch, das sie heute Morgen gesehen hat.

Sie dreht den Autoschlüssel im Schloss herum und wider Erwarten schüttelt sich der kleine Wagen und springt wirklich an. Während sie die Ente langsam rückwärts aus der Garage steuert, fällt ihr Blick auf Manuels Rotweinflasche. Paris, das ist es! Sie wird noch einmal nach Paris fahren. Sie wird in das Hotel zurückgehen und dort noch einmal eine Nacht verbringen. Nur dort kann sie den Faden wieder aufnehmen, dort, wo sie ihn zerschnitten hat und dann – dann würde sie weitersehen.

Wie hatte Manuel noch gesagt: »Wer einmal den Tango getanzt hat, wer ihn geliebt hat, wird ihn immer wieder von vorn beginnen.«

Lina biegt auf die Straße ab, schaut eine Sekunde lang in den blauen Himmel und gibt Gas. Sie will nicht nur mit dem Tango beginnen.

Donnerstag

Zwei Tänze in fünf Monaten sind eindeutig zu wenig!

Umständlich klettert Lucia mit ihren hohen Tangoschuhen über den Ast, der ihr den Weg versperrt. Zwei Tänze reichen für gar nichts: weder für Sympathie noch für Leidenschaft, und erst recht nicht für dieses Gefühl, das ihr tausende Schmetterlinge in den Bauch jagt, wenn sie ihn nur anschaut. Zwei Tänze sind nicht einmal die Laufmasche wert, die sie sich gerade an dem Ast gerissen hat. Besonders dann nicht, wenn der zweite Tanz nun auch schon wieder über einen Monat zurückliegt. Sie weiß es genau!

Im Grunde ist es völlig überflüssig, jede Mittwochnacht ins *La Tanguera* zu gehen, denn Manuel tanzt die meiste Zeit mit Bella. Dagegen lässt sich auch mit diesem raffiniert geschnittenen Kleid, das ihren Rücken fast ganz frei lässt, nichts machen.

Nicht einmal bei dem großen Tangoball vor zwei Wochen auf dem Schiff, als sie das schwarze Seidenkleid getragen hat, das ihr eng wie eine zweite Haut auf dem Körper liegt und jede ihrer Bewegungen schimmern lässt, nicht einmal da hat Manuel sie aufgefordert.

Der Mittsommer-Tangoball war einer der größten in

der Stadt. Wie jedes Jahr fanden sich dort unzählige Tänzer und Tänzerinnen zusammen, um im roten Lichtschein über eine schaukelnde Tanzfläche zu schleichen. Die Damen hüllten sich in geschlitzte Kleider, trugen Handschuhe, Netzstrümpfe sowie Strumpfbänder in schillernden Farben, und einige hatten sogar Rosen im Haar. Manch einer von den Herren tanzte mit Hut, als wären es die 20er Jahre.

Je länger der Abend andauerte, desto mehr gewann Lucia den Eindruck, aus dem gewöhnlichen Ausflugsschiff sei ein nostalgischer Ozeanriese auf dem Weg nach Buenos Aires geworden. Lucia tanzte mit verschiedenen Herren, deren Arme sich wie eine Schraubzwinge um ihre Brust pressten oder deren Schultern zum Anlehnen und Träumen einluden. Manche rochen nach billigem Aftershave, andere nach dem kalten Rauch von Zigarillos. Doch keiner von ihnen lenkte sie von Manuel ab. Immer wieder suchte sie ihn mit ihren Augen in dem Gewirr aus verschlungenen Körpern und immer wieder verlor sie ihn.

Irgendwann wurde ihr das »alte Argentinien« auf der Tanzfläche zu warm und so spazierte sie eine Weile allein auf dem Promenadendeck. Die Sommernacht war nicht besonders lau. Der Wind war frisch, und der Mond hatte sich schon früh hinter dicken Wolken verzogen.

Dennoch lehnte sie sich an die Reling und gab sich wie ein junges Mädchen ihren Hoffnungen hin. Lange stand sie dort, bis ihre Haare und ihr Herz gleichermaßen zerzaust waren. Sie verwünschte das Schiff, das erst in Stunden wieder anlegen würde, und beschloss schließlich, einen Martini gegen die Sehnsucht zu trinken.

Aber genau in dieser Sekunde kam ihr Manuel entgegen, leichtfüßig, mit geraden Schultern, die in einem dunkelgrauen Nadelstreifenanzug steckten.

Das war nicht fair! Lucia hielt inne, wünschte, er würde…

Immerhin waren sie allein auf dem Deck und standen sich nur auf Armeslänge gegenüber.

Sein Blick war eine Spur zu tief, um unbeteiligt zu sein, aber er tat nichts. Nichts, was etwas geändert hätte. Nach einer Sekunde senkte er den Blick wieder, nickte ihr zu und ging rasch weiter. Einfach so.

Am liebsten hätte Lucia ihn dafür bei den Schultern gepackt und geschüttelt, hätte ihm ihre Sehnsucht nach seinen Armen und nach seinen Händen gestanden und ihm ihre Träume von wilden Zärtlichkeiten an den Kopf geworfen, damit er sie endlich zur Kenntnis nahm.

Aber das ging natürlich nicht. Sie war nicht der Typ Frau, die einen Mann packte und schüttelte.

Doch seit dieser Begegnung geht ihre Phantasie mit ihr durch, denn in ihrer Vorstellung lehnt sie noch immer vorn an der Reling des Schiffes wie in dem Titanic-Film.

In ihren Träumen steht Manuel einfach hinter ihr. Augenblicklich kann sie seine Arme fühlen, die sie sanft von hinten umschlingen und wie selbstverständlich lehnt sie sich an ihn, spürt seine Brust an ihrem Rücken, sein Becken und die zarte Wölbung, die sanft gegen ihren Hintern drängt. Seine Hand streichelt ihre Hüfte, rutscht dann seitlich über den glatten Stoff ein wenig tiefer, findet den hohen Schlitz in ihrem Kleid, berührt wie zufällig das rote Strumpfband und gleitet schließlich unter ihren Rock bis zu ihrem Slip. Geschickt schieben seine Finger die dünne Spitze zur Seite und betasten ihr nacktes Fleisch, nehmen es in Besitz und dringen in ihren Körper.

Jeden Moment könnte jemand aus dem Tanzsaal auf das Deck kommen, aber das stört sie nicht. Vor ihren Augen sieht sie nur die Spitze des Schiffes, die das nachtschwarze Wasser teilt, so dass weißer Schaum aufspritzt, und sie genießt die flinken Finger auf ihrem Geschlecht, die immer wieder eintauchen und zwischen der nassen Pforte und der kleinen Perle hin- und herreiben.

Manuels Herzschlag breitet sich über ihren ganzen Rücken aus, und die Wölbung, die sich nun hart und unmissverständlich gegen sie drückt, fesselt sie an ihn. Manuel beugt ihren Oberkörper ein wenig nach vorn, bis sie mit den Armen auf der Reling lehnt, zieht ihren Rock hoch und schiebt den Tanga ganz zur Seite. Sie hört das leise Ziehen eines Reißverschlusses und die Klänge des Bandoneons, die sich zu ihnen herauf verirren – und dann endlich spürt sie den harten Phallus, der in ihre feuchten Tiefen vordringt. Ohne zu zögern, schraubt er sich mit seiner ganzen Länge in sie hinein, füllt sie vollständig aus und beginnt sich in ihr zu reiben. Manuels Finger spielen dabei auf ihrem kleinen Kern wie auf einem geheimnisvollen Instrument. Sie ziehen und zupfen an ihm, dass Lucia fürchtet, bei jeder weiteren Berührung laut aufstöhnen zu müssen. Im Gleichklang zu den rhythmischen Bewegungen des Schiffes umschließen ihre Muskeln den Schwanz in ihrem Körper, halten ihn fest und pressen ihn, damit er sich noch härter in sie hineinzwängt.

Manuel, der sie fest umklammert, stößt sein steifes Organ jetzt wie ein Besessener in sie hinein. Gierig reißt er sie auf und mit seinen Fingerspitzen treibt er sie voran in die Wellen immer höher, immer weiter. Alles, was Lucia will, ist diese Lust: zuckend, bebend und liebend!

Lucia schaut den Mond an, der saftig wie ein Pfirsich zum Anbeißen über der Wiese hängt, als könne er ihr helfen. Doch der Mond rührt sich nicht. Er schweigt zu all dem, genau wie Manuel.

Ungeduldig zerrt sie an ihrem Rocksaum, der im Gebüsch hängen geblieben ist und stöckelt weiter durch den nächtlichen Park.

Es ist ihre Geschichte, ganz allein ihre.

Natürlich weiß sie, dass sie vierzig ist und nicht mehr vierzehn. Da kennt man sowohl den Mond als auch die Männer bei Nacht. Aber sie ist machtlos. Ihr Körper ist unruhig wie nie zuvor in ihrem Leben. Die Gier nach Manuel macht sie verrückt. Die Phantasie, mit ihm zu vögeln, sich nackt an ihm zu reiben, sich ihm auszuliefern, ihn zu nehmen, zu lutschen, zu lecken und zu trinken, immer wieder und wieder, hört einfach nicht auf. Egal, was sie auch versucht dagegen zu tun. Er lässt ihr keine ruhige Nacht mehr. Seit dem ersten Tanz nicht mehr. Es ist wie Gift in den Adern, das man nicht loswird, und das einen niemals in der Realität ankommen lässt. Aber Lucia braucht die Realität, sonst zerbricht sie daran.

Die beiden Jungs vor ihr auf der Parkbank sind halb so alt wie sie und beide so blond wie Manuel. Sie trinken Wodka aus winzigen Flaschen und lachen. Sie hat noch nie Wodka getrunken. Die Jungs sind schlank, einem von ihnen rutscht das T-Shirt hinauf, als er die Flasche an den Mund setzt. Lucia kann seinen flachen Bauch sehen. Der Anblick lässt sie nicht unberührt. Dieser flache Bauch, darunter vielleicht ein erwachender Schwanz, voller Ungestüm, drängend, stoßend, gierig… Lucia schüttelt den Kopf. Das wäre wie Fastfood und hastiges Verschlingen im Stehen.

Das ist nicht das, was sie braucht, dann geht sie doch lieber nach Hause. Da wartet ihr Kater und gegen den Liebesfrust sind noch kalte Kartoffeln im Kühlschrank.

Lucia hat den Park fast durchquert, als sie plötzlich den Tango hört. Wehmütig und leise schweben die Töne zwischen den Bäumen hindurch. Eine Weile lauscht sie. Es ist einer von den alten Tangos, einer, der von einer traurigen Liebe erzählt, von einer Frau, die blind für die Liebe eines Mannes ist.

Lucia kennt das Lied und sofort reißt sich einer ihrer Träume wie ein wildes Pferd los. Wie auf dem Schiff hofft sie, was nicht sein kann, wünscht sich ein Märchen, in dem Manuel hier im Park auf sie wartet, um sie zu überraschen. Albernheiten!

Es ist Donnerstagmorgen gegen zwei Uhr früh. Manuel liegt sicher gerade mit Bella im Bett, liebkost vielleicht in diesem Moment ihren zarten, jungen Körper, küsst ihre straffen Brüste, die festen Schenkel und ihre rosige Möse.

Niemals würde er im Park auf sie warten, nicht, wenn er die Wahl hat, eine junge Frau zu lieben, die auch verschlafen noch zum Anbeißen ausschaut. Für einen Augenblick sieht Lucia eine Flut von Bellas hellem Haar, das sich wie ein Lichtschein über seidige Laken ergießt.

Das Mädchen ist zwanzig. Es wäre gegen jede Logik, wenn Manuel es anders sehen würde.

Auch wenn es wehtut. Mit einem Ruck streckt sie die Schultern durch und richtet sich gerade auf. So genau will sie das alles gar nicht wissen.

Dennoch macht die Musik sie neugierig, und als nach dem Lied ein zweites beginnt, biegt sie vom Weg ab. Sie folgt der Melodie zwischen den Bäumen hindurch, bis sie nach ein paar Schritten auf einer Lichtung steht.

»Mit Speck fängt man Mäuse, und mit einem Tango fängt man eine Frau«, die Stimme fließt ihr weich über ihren nackten Rücken.

Lucia dreht sich um.

Der Mann, der am Baum lehnt, ist vielleicht Mitte vierzig, sein Haar fällt ihm in dunklen Wellen auf die Schultern. Die grauen Strähnen darin machen aus ihm im Mondlicht einen dunklen Engel: schön, aber auch gefährlich.

Lucia kennt seinen Namen nicht, doch sie hat ihn oft genug tanzen sehen. Er ist einer der Meister, alle im *La Tanguera* kennen ihn. Sie erinnert sich, wie eine Frau einmal sagte, dass dieser Mann wohl nur auf der Totenbahre das Tangolokal verlassen würde.

»Du bist enttäuscht, weil ich nicht Manuel bin?«

»Wie kommst du darauf?«

»Nun, weil jede Frau, die nach dem Tango bei Vollmond allein durch den Park geht, vielleicht davon träumt, von ihrem Herzkönig überrascht zu werden.« Er hält den Kopf ein wenig schräg, eine Strähne seines Haares fällt ihm über das Gesicht und verschleiert sein Lächeln. »Aber Manuel wird nicht kommen, heute nicht, und wahrscheinlich auch in keiner anderen Nacht.« Mit einer kleinen Fernbedienung stellt er den Tango, der aus einem tragbaren Player kommt, ein wenig leiser.

»Ich schätze, Manuel weiß nicht einmal, was er mit einer Frau wie dir anfangen sollte. Und das weißt du auch.« Der Mann zuckt leicht mit den Achseln und seine schmale Gestalt löst sich von dem Baum mit einer Leichtigkeit, die mit jedem Schritt den Tänzer verrät. »Aber so ist das nun mal mit der Liebe«, er schaut sie an und nimmt ihre Hand. »Komm«, sagt er.

Als Lucia protestieren will, legt er ihr den Finger auf die Lippen. » Schscht, der Mann führt und die Frau hat zu folgen. Schon vergessen?«

»Beim Tanzen ja, aber…«

»Manchmal ist das Leben ein Tanz, Chica!«, sagt er und seine Hand umschließt die ihre fester. Er führt sie zwischen den Bäumen hindurch und ein Stück den Weg zum See herunter.

Die Musik ist nun sehr leise, und Lucia weiß nicht recht, was sie von dem Mann an ihrer Seite halten soll. Er irritiert und fasziniert sie gleichermaßen.

»Ich weiß nicht einmal, wie du heißt«, sagt sie, um sich wenigstens ein bisschen zu orientieren.

»Schau, der Mond«, antwortet er nur und dreht sie um. Das Mondlicht fällt sanft zwischen den Wipfeln hindurch auf das Wasser und lässt es zu den fernen, sehnsüchtigen Tangoklängen schimmern wie Satin.

Er zieht sie an sich. »Tanzen wir?« Seine dunklen Augen dringen in sie ein. »Wenn du dann noch gehen willst, bringe ich dich zurück.«

Lucia spürt den Arm, der sich um ihren Körper schlingt, und wie ihre Brüste sich gegen seinen Oberkörper drücken und seine Schenkel zärtlich ihr Bein entlangstreichen. Sein Atem ist warm und nahe, er streift ihre Schultern.

»Ich heiße Fernando«, sagt er.

Fernando ist ein wenig kleiner als Manuel. Sie schlingt den Arm um seinen Nacken, neigt den Kopf in seine Richtung, bis sie in Tanzhaltung steht. Sein Haar berührt ihre Wangen, sein Aftershave hat etwas von Fernweh, etwas Sonniges und Tiefblaues vom Meer.

Während sie die Augen schließt und Stück für Stück ihr Gewicht an ihn abgibt, fragt sie sich, warum sie ihn noch nie wirklich wahrgenommen hat, und warum Liebe einen immer so verdammt blind für alles andere macht.

Die ersten Takte eines neuen Tangos beginnen. Gehorsam folgt sie Fernando in den Grundschritt. Er setzt seine Füße sehr exakt, geht ihr gerade so viel aus dem Weg, dass sie ihm hinterhergehen kann. Er führt sie in die Ochos, dann in die Molinete. Er führt sie sanft, aber sehr bestimmt, zieht sie in den Valentino, stellt sie wieder auf ihre Füße, lässt sie kreisen und drehen, und beginnt wieder von vorn.

Das Lied ist zu Ende, ein neues fängt an und er tanzt weiter. Ihr Bein kickt an seinen Oberschenkel, einmal, zweimal, ihre Schenkel reiben aneinander, sein Bein teilt ihren Rock, berührt ihr Geschlecht. Er lässt sie los, setzt seine Schritte um sie herum, umschlingt sie erneut, diesmal noch fester und fast so weit, dass seine Finger ihren Brustansatz berühren. Ihr Atem geht schneller, er umkreist sie, lässt sie wieder ein wenig frei und presst sein Bein an ihren Schenkel.

»Argentinische Männer würden niemals eine Frau nur zur Hälfte wollen. Wenn sie eine wollen, dann ganz.« Seine Stimme verbrennt ihren Nacken. Er dreht sie in den Gancho, lässt sie einen Beinhaken machen, und beginnt mit einer neuen Schrittfolge. Plötzlich hält er inne und schaut sie an. »Du musst verstehen, Manuel war letztes Jahr bei mir in Paris, als mein Schüler. Ich habe ihm Verschiedenes im Tango beigebracht, doch wir haben die Ausbildung nicht beendet.«

»Was hat das mit mir zu tun?«

»Viel«, er zieht sie wieder an sich. »Manuel ist ein perfekter Tänzer, man kann eine Menge von ihm lernen, aber er hat Angst vor der Liebe, vor dem Schmerz und vor den Schatten. Die Angst macht ihn blind für die Schönheit und für die Frauen, die ihn lieben. Es sind einige, die ihm verfallen sind. Aber er gibt vor, es nicht zu wissen. Er versteckt sich hinter einem Mädchen, das ihn nicht vor der Liebe schützen wird, weil es zu jung und zu hungrig ist. Er ist nicht Herr seiner Sehnsucht und daher kommt es, dass er manchmal mit Frauen tanzt, ohne zu wissen, was er tut. Er gibt Nähe, wo er lieber Distanz wahren sollte.« Fernando hält an, und seine Augen werden tiefschwarz. »Und manchmal weckt er mit dieser Gedankenlosigkeit eine tiefe Liebe, ohne es zu wissen. Doch selbst wenn er es ahnt, ändert er es nicht. Das ist gefährlich. Man darf die Dinge der Liebe nicht so leichtfertig sehen, sonst wird man eines Tages das Opfer seiner selbst.«

Seine Hand gleitet über ihre Brust zu ihrer Taille. »Du bist eine schöne Frau. Das Warten auf ihn wird dich krank und alt machen. Ich will nicht nur mit dir tanzen, Chica, ich will dich ganz! Ich will dich erleben und dich spüren, die Wärme deiner Lippen und die Wärme deiner Schenkel.«

Fernando hält sie so fest, dass sie kaum atmen kann. »Ich will dich«, wiederholt er und seine Worte gleiten durch sie hindurch, kitzeln an ihrem Geschlecht.

Lucia fühlt, wie sie langsam feucht wird und ihre geheime Pforte auseinander klafft, so dass die Nässe aus ihr hinaustropft. Sie ist erfüllt von der Sehnsucht, sich diesem Mann entgegenzudrücken, sich gehen und von ihm nehmen zu lassen.

Seine Lippen murmeln Unverständliches, während er ihre Wange liebkost, und gleiten dann weiter über ihre Haut bis zu dem Rand ihres Mundes, den sie schließlich öffnen.

Lucia lässt es geschehen. Sie spürt seine warme Zunge, die sich breit und lebendig zwischen ihre Zähne schiebt. Seine Hand gleitet in ihren Nacken und löst die silberne Spange. Ihr langes Haar fällt ihr den Rücken hinab, und eine Sekunde lang möchte sie genauso fallen, weich fließend in Arme, die sie halten. Wie beim Tango zuvor umschlingt sie seinen Hals, wohl wissend, er wird sie nehmen.

Doch in dem Augenblick lässt Fernando sie los und hält inne. Verwirrt schaut Lucia ihn an.

Es zieht sie zu einem der kleinen Ruderboote, die am Ufer des Sees im Mondlicht taumeln. »Ich wette, du hast als Kind gerne geschaukelt«, sagt er. »Komm, steig in das Boot.«

Sie schaut hinunter zu dem kleinen Kahn, sieht den winzigen Bug in nachtschwarzem Wasser und erstarrt. Manuels Blick huscht durch ihre Sinne. Sie sieht die schäumende Gischt auf dem Ausflugsdampfer, spürt den Wind in ihrem Haar und die falsche Hand, die, die ihre jetzt umklammert.

»Nein!« Entschlossen geht sie einen Schritt zurück und lässt den Mann los, der ihr auf einmal nur fremd ist.

»Nein, kein Boot und kein Schiff.« Sie schaut Fernando an. »Und auch keinen Tango. Das geht alles nicht, das ist alles viel zu nah!«

Beim Einsteigen hinten in den Wagen ist ihr der Rock hochgerutscht. Der Schlitz reicht ihr nun fast bis zur Hüfte hinauf, und das dünne Band ihres Tangas schaut hervor.

Der Taxifahrer, der sich zu ihr umdreht, ist jung und höflich genug, es nicht zu bemerken. Er nickt ihr freundlich zu und fragt, wohin sie will.

Lucia zögert. Sie ist noch ein wenig atemlos von dem Lauf. Sie wollte Fernando schnell hinter sich lassen und ist auf ihren hohen Schuhen bis zur Straße gerannt, so gut es eben ging.

Am liebsten möchte sie sagen: »Fahren Sie, wohin Sie wollen, ich werde ohnehin nirgendwo erwartet.« Doch dann denkt sie an den Kater daheim, und nennt dem jungen Mann ihre Adresse. Dem Himmel sei Dank ist er nicht blond, sondern schwarzhaarig und seine Augen sind schweigsam. Er wendet den Blick wieder ab und konzentriert sich auf die Straße.

Eine Weile fahren sie durch nächtliche Straßen.

»Stört es Sie, wenn ich rauche?«, fragt er plötzlich.

»Nein«, antwortet Lucia und schaut ihm zu, wie er die Zigarette in den Mund nimmt und wie er mit der Hand das Feuerzeug aufflammen lässt. Im Schein des weichen Lichtes wirkt die Seite seines Gesichtes, die sie sehen kann, sehr jung, und sie fragt sich, ob er wohl auch Wodka mit Limonade aus kleinen Flaschen trinkt, wenn er nicht gerade Taxi fährt.

Auch sein Bauch ist flach genug, um mit der Zunge geradewegs hinab bis zu seinem Schwanz zu gleiten. Sie stellt sich vor, wie sein Schwanz wohl aussieht, ob er mächtig oder eher lang und dünn ist. Dann verlöscht die Flamme, und Lucia schaut aus dem Fenster.

Die Straßen sind leer und fast kann sie sich einreden, sie reist allein mit diesem Fremden durch die Nacht. Was wäre dabei, wenn sie es wirklich tun würde? Wieder schaut sie zu dem Fahrer hin, versucht noch einmal, sich Sex mit diesem jungen Mann vorzustellen. Doch es nützt nichts. Auch wenn ihr Slip noch nass ist von dem Tango im Park, auch wenn ihre Möse noch so offen und bereit ist, sie will Manuel, sonst niemanden.

Das Taxi biegt in eine kleine Seitenstraße ab und hält an einer Ampel. Lucia entdeckt eine alte Frau mit weißem Haar, die mit einem Besen die Straße kehrt. Grotesk um diese Zeit! Genauso verwirrt wie ich, denkt sie, und einen Moment lang erkennt sie sich selbst in der Alten, sieht sich zur falschen Zeit einen Weg kehren, den niemand begehen wird. »Du wirst alt darüber werden«, hatte Fernando gesagt. » Alt und krank!«

Und plötzlich hasst sie Manuel für dieses Warten auf einen Tango, auf einen Blick, auf eine Geste, hasst ihn, für das Stillhalten, das ihr seinetwegen zur zweiten Natur geworden ist. Sie muss sich von ihm lösen. Sofort! Bevor es endgültig zu spät ist. Diese traurigen Melodien in ihrem Kopf, diese Tangos, die alles nur noch schwerer machen, das muss endlich aufhören! Lucia bückt sich und zerrt an der Laufmasche, die sie sich an dem Ast im Park gerissen hat. Eine breite Spur zieht sich durch das hauchzarte Gewebe. Doch sie kratzt weiter an den Fasern und reißt daran, bis von den Strümpfen nichts weiter übrig ist als ein paar Fetzen, die von ihren Schenkeln hängen. Wann hat sie das letzte Mal gelacht? Wann war sie zuletzt frei von Manuel, von seinen Händen, die sie doch niemals wirklich berührten? Lucia weiß es nicht mehr, doch sie will nicht länger rückwärts gehen, nur weil einer sie mal geführt hat, und sie will auch nicht länger über gekreuzte Schritte stolpern, die ihr Herz verwirrt haben. Sie braucht keine tiefen Blicke mehr, die nur ins Leere fallen, und keine Strumpfhosen, die vor lauter Zartheit bei jedem ihrer Atemzüge in Gefahr geraten.

Die Ampel ist viel zu lange rot, und als hätte er ihre Gedanken erraten, dreht sich der Fahrer zu ihr um. »Du bist sehr schön«, sagt er in die Stille hinein. Das Klicken des Feuerzeuges ertönt von neuem, und Lucia riecht den warmen Rauch einer Zigarette. Noch einmal beobachtet sie genau, wie seine Lippen den schmalen Filter der Zigarette umschließen. Nein, da gibt es keinen Zweifel, mit ihm geht es auch nicht.

Doch während der Wagen sich wieder in Bewegung setzt, erinnert sie sich plötzlich an weiche Lippen, an einen geheimnisvollen Mund, der einmal sagte, wenn du mich brauchst …

»Ich will nicht nach Hause«, sagt sie. »Fahren Sie mich bitte in die Vincent Straße 9.«

Vorsichtig lässt Lucia sich in das warme Wasser gleiten. Eliana hat einfach das wunderbarste Badezimmer, das man sich vorstellen kann. Meergrüne Wände mit weißen Muscheln daran, einem zartblauen Holzfußboden und einer Badewanne, die rund und dunkelblau wie ein riesiger Saphir im Kerzenlicht schimmert.

Vor den Fenstern hängt ein türkisfarbener Chiffonschal, der mit sanften Bewegungen Zeit und Raum verzaubert, sodass man spielerisch in jede beliebige Phantasiewelt fliehen kann.

Lucia blinzelt in das türkis glänzende Licht und hat seit langer Zeit mal wieder das Gefühl, vor sich selbst in Sicherheit zu sein.

»Du hast also endgültig genug vom Tango?«, fragt Eliana, während sie ein Glas Sekt auf den Rand der Wanne stellt. »Endgültig genug von diesem Mann, der sich mit ein paar Schritten in deinem Herz verankert hat?« Sie schaut Lucia aufmerksam an.

»Mmh.« Lucia drückt den Schwamm aus und streicht sich das weiche Material ein paar Mal über die Schulter. »Es muss sein!«

Eliana lacht leise und dabei gibt ihr seidiger Kimono den Blick frei auf ihre kleine feste Brust. »Ich verstehe. Du bist so weit über den Mann hinweg, dass du ihn dir vom Leib waschen musst, oder?«, sie hält einen Moment lang inne, »oder möchtest du, dass ich das tue?« Die zärtliche Ironie in ihrer Stimme ist nicht zu überhören.

»Ich weiß nicht, ich glaube schon.« Lucia betrachtet Eliana, die ihrem Blick nicht ausweicht. Die weiße, glatte Haut, die zarten Glieder, da ist nichts, was sie an Manuel erinnert und verwirrt. Im Gegenteil, die langen, schwarzen Haare mit den silbernen Strähnen darin, der weiche Mund, umspielt von fremden Geheimnissen, dazu der Duft von Vanille, Aprikosen und Bitterschokolade, das alles ist sehr verführerisch. Entspannt lehnt Lucia sich zurück und genießt die angenehme Wärme des Wassers zwischen ihren Schenkeln.

»Du weißt, ich habe mir oft gewünscht, du würdest hierher kommen«, sagt Eliana, »aber dieser Manuel hat dich so sehr beschäftigt.« Ihre Hand gleitet ins Wasser, und Lucia spürt die schmalen Finger an ihrem Knie. »Eine Weile dachte ich schon, du würdest niemals zu dir zurückfinden.«

»Ich war mir auch nicht sicher.« Lucia presst den Schwamm auf ihrer Brust aus und stellt sich vor, es wäre ihr Gefühl für Manuel, das aus ihr herausfließt und unwiederbringlich verschwindet. Das Wasser rinnt ihr sacht über die rosigen Brustspitzen, perlt in dicken Tropfen daran herab wie Tränen, doch Elianas seidige Hand lässt ihr keine Zeit zum Nachdenken. Sie rutscht an ihrem Bein herauf, streift ihre Möse, berührt die kleine Rosine, die leicht zuckt, bevor sie zärtlich mit dem Daumen in die offene Pforte eindringt.

Ein paar Mal schiebt sie den Finger in dem Loch auf und ab, so dass eine sanfte Welle erotischer Lust in Lucia erwacht. Eine Welle, die sie tragen wird, und seufzend streckt sie ihre Beine noch weiter auseinander.

Eliana beugt sich vor, während sie den Daumen wie einen Phallus auf- und abgleiten lässt. Sie küsst Lucia erst auf die Augenlider, dann auf den Mund, berührt mit der wendigen Zungenspitze ihre Lippen und lächelt sie schließlich an. »Komm aus dem Wasser, du Fisch«, fordert sie Lucia auf. »Drüben in meinem Zimmer ist es bequemer.«

Elianas Bett ist weiß und weich wie alles an ihr. Lucia taucht in die Kissen ein wie auch in die zarten Hände, die sie streicheln, die ihre Brust liebkosen und an den rosigen Spitzen spielen, die ihren Bauch streicheln und über den Hügel hinab zu der tiefen nassen Quelle tauchen. Eine Sekunde genießt sie Elianas zartes Wesen, das ihr fremd und doch so gleich ist. Dann sucht sie die Lippen der Frau, sucht die Zunge, die sich in ihren Mund hineinschlängelt und ihre Zunge verführt. Eine Weile spielen sie wie Kinder, zärtlich entrückt, dann beginnen sie zu kämpfen, zu lieben.

Lucia will sich festhalten. Sie umschlingt den zarten Hals, zieht Eliana noch näher an sich heran, fühlt ihre Brüste, die ihre eigenen berühren, und die seidige süß duftende Haut auf ihrer. Elianas Finger wird drängender, der tief in Lucias Grotte versinkt. Wie zuvor gleitet der winzige Phallus in ihr auf und ab, reibt ihr das empfindliche Fleisch, doch das reicht ihr nicht. Lucia will mehr. So löst sie sich aus der Umarmung, gleitet an dem weißen Körper herab auf der Suche nach den breiten Lippen zwischen den Beinen. Sie öffnet Elianas Schenkel und fährt mit der Zunge über die fremde Perle, die unter der Liebkosung sofort hart wird. Mit ihren Lippen umschließt sie den Lusthügel, saugt daran und dringt plötzlich mit der Zunge in die enge Pforte ein.

Lucia leckt und trinkt den feuchten Schleim aus dem Loch wie eine Medizin gegen die Sehnsucht in ihr.

Sie steckt ihren Finger tief die fremde Grotte, um noch mehr von dem würzigen Nektar zu erhaschen, verbirgt ihr ganzes Gesicht in das klebrige Geschlecht und berauscht sich daran wie an einem Likör, den man sich über den Leib gießt.

Eliana stöhnt in die Kissen und dreht den Kopf leicht hin und her. Lucia spürt, wie die zarten Hände ihren Kopf festhalten und ihn in der einen Position fixieren wollen, in der der Genuss am größten ist. Sie hört den raschen, fliegenden Atem Elianas und nimmt die Knospe wieder zwischen die Lippen. Sie zerreibt das weiche Fleisch mit ihrem Mund, zwirbelt, presst und leckt es, während sie mit zwei Fingern in das enge Loch stößt.

Elianas Körper windet sich, ihre Haut schimmert feucht. Lucia sieht die geschlossenen, flackernden Augenlider und leckt mit der ganzen Breite ihrer Zunge immer schneller über die Klitoris, drängt mit den Fingern in die Grotte hinein, bis mit einem leisen Stöhnen der weiße Körper zusammenzuckt und sich in bebender Lust auflöst.

Elianas Blick ist sehr sanft, als sie Lucia anschaut. Mit dem langen, schwarzen Haar und der hellen Haut wirkt sie plötzlich sehr zierlich. In ihren Augen schimmert eine Träne, als sie leise »Ich liebe dich« sagt.

Lucia hört es und die Szene brennt sich in ihr Gedächtnis wie ein erstarrtes Bild. Trotzdem weiß sie, dass für diese Liebe jetzt nicht der richtige Zeitpunkt ist.

Der Kater mag keine kalten Kartoffeln aus dem Kühlschrank, und Lucia eigentlich auch nicht. Energisch schiebt sie den Teller von sich weg, steht auf und geht nackt durch ihre Wohnung. Das Tangokleid liegt in einer Schüssel mit lauwarmem Wasser, die Strümpfe hat sie schon bei Eliana weggeworfen, die Schuhe stehen dort, wo sie immer stehen, an ihrem Bett. Flüchtig betrachtet sie den Sonnenaufgang und fragt sich, ob die alte Frau nun wohl mit dem Kehren fertig ist. Doch wahrscheinlich kehrt immer irgendjemand irgendwo vergeblich eine Straße.

Elianas zarte Hände fallen ihr wieder ein, die ihr über den Kopf gestreichelt haben, als sie ging. »Ich liebe dich wirklich«, hatte sie noch einmal gesagt und ihr Mund war dabei plötzlich ohne jegliches Geheimnis gewesen. »Aber du liebst ihn! Das ist fast wie Tango, nicht wahr? Es lässt sich nicht lösen!«

Lucia hatte schweigend genickt.

Während sie sich nun neben den Kater in ihr Bett rollt, verschwimmen ihre Gedanken nach und nach. Vor ihren Augen sieht sie nur noch den Bug des Schiffes vor sich, die weiße schäumende Gischt, das nachtschwarze Wasser, und sie spürt die Arme, die sie wie ein Samtcape umschließen und langsam in ihren Traum hinabziehen.

Freitag

Auf dem Zettel stehen nur ein paar Worte: *Bitte komm, Café Sehnsucht, 12 Uhr. Ich warte.*

Manuel fährt sich mit den Fingern durch das Haar. Warum musste er auch aufstehen, als es klingelte? Heute war sein freier Tag, er hätte liegen bleiben können. Aber jetzt?

Diese klare, gerade Handschrift, diese schnörkellosen Buchstaben, das rosafarbene Papier auf seiner Fußmatte …

… und schon spaziert Maleen wieder quer durch sein Herz, mit ihren roten Schuhen, den roten Locken und den Rehaugen, als wäre sie niemals fort gewesen. Nach Monaten, in denen er geglaubt hat, die Geschichte sei endgültig vorüber und er habe sie vergessen. Nichts hat er vergessen, nicht eine einzige Sekunde. Und das ärgert ihn.

Für einen Augenblick fällt sein Blick sehnsüchtig auf das Bett. Ein halbes Königreich, denkt er, wenn er sich zurück in den Schlaf flüchten könnte oder zurück zu der Sekunde, in der er Bellas zarte Gestalt, nur halb vom Laken bedeckt, betrachtet hatte. Mit den Augen war er über die weiche Linie ihres Rückens gefahren, hatte die kleinen Wölbungen ihres Hinterns mit seinen

Blicken liebkost, hatte das süße Verlangen gespürt, über ihren Hintern hinwegzugreifen und ihr Geschlecht zu berühren. Doch da hatte es geklingelt, und er war aufgestanden.

Manuel seufzt. Noch immer liegt das Mädchen mit leicht geöffneten Beinen vor ihm. Er kann ihre hübsche Pussy sehen, das feuchte Fleisch, das er in der vergangenen Nacht so oft liebkost hat, und sein Schwanz beginnt sich bei dem Gedanken daran leicht zu regen.

Die kleinen Brustspitzen in seinem Mund, die weiche Haut, die im Kerzenlicht seidig schimmerte, den süßen Saft, den er direkt aus der Quelle der kleinen Pforte geleckt hatte – wie gern würde er zu diesen Momenten zurückkehren.

Aber Bella mag es nicht, wenn er sie weckt, schon gar nicht, um zu vögeln.

Da ist sie eigen, obwohl er gerade jetzt das dringende Bedürfnis hat, diesem feuchten Pfad in ihrer Höhle noch einmal zu folgen.

Mechanisch legt er eine Hand um seinen Phallus, hält das steife Glied eine Weile fest und genießt die aufsteigende Lust. Er sieht Bellas kleine aufgerichtete Knospe, die, wenn er sie jetzt berührte, gewiss leicht zusammenzucken würde. Er hat das Verlangen, seinen Finger in ihre enge Gasse hinaufzuschieben, tief und tiefer, bis es nicht mehr weiter geht. Er möchte Bella stöhnen hören und den sehnsüchtigen Glanz in ihren Augen sehen, der nur ihm gilt.

Seine Hand gleitet in gewohntem Rhythmus leicht über seinen Schwanz und umschließt die Spitze ein bisschen fester. Noch einmal in dieses süße, kleine Loch hineinstoßen, in das sonst niemand hineindarf, noch einmal dort sein, um es zu dehnen und zu weiten, bis Bella sich gierig unter seinen Stößen windet, und sie nach und nach den Punkt erreicht, an dem er alles mit ihr tun kann. Er fährt ein paar Mal über den harten Schaft, dann lässt er los.

Plötzlich schauen ihn Maleens Augen an, und er kann ihren Blick auf seiner Haut spüren, so wie damals. Er kann sie lachen hören und sieht ihre schön geschwungenen Lippen vor sich.

Verärgert dreht er sich vom Bett weg und geht ins Bad. Eine kalte Dusche wird seinen Gedanken hoffentlich gut tun.

Während er sich die Zähne putzt, denkt er, dass er sie auch ein wenig vermisst hat. Doch im selben Moment erscheint es ihm albern, so etwas zu denken, und er wünscht sich, er könnte mit der Zahnpasta auch den Rest von Maleen und seinen Erinnerungen an sie ausspucken.

Denn die Sache war von Anfang an schwierig. Einfach unmöglich für ein Leben und das würde es auch jetzt sein. Besser er würde nicht hingehen. Aber diese Worte »Bitte komm« lassen ihn nicht los, wie auch ihre Augen, die ihn jetzt unentwegt anschauen.

Während der kalte Wasserstrahl seine Haut trifft, erinnert er sich daran, wie sie den Tanzsaal betrat. Es war während einer Party an einem Samstag, als er noch bei Rudolf Tanzlehrer war. Sie trug ein weißes T-Shirt, schwarze Hosen und ihre roten Schuhe, ohne die sie nirgendwo hinging. Die roten Locken hatte sie ein wenig zu streng für ihr weiches Gesicht zurückgesteckt, aber sie lächelte, als sie ihn bemerkte, und er hatte das Gefühl, sie schon ewig zu kennen.

Sie kam an der Hand ihres Mannes. Sie kam immer an der Hand ihres Mannes. Damit fing es an. Sie tanzte Tango – immer nur mit ihrem Mann. Es war verrückt zu glauben, er könnte sie unterrichten. Er hätte es wissen müssen, gleich als er ihr zum ersten Mal in die Augen sah. Diese unerklärliche Vertrautheit war viel zu gefährlich.

Und dann war sie zum Unterricht gekommen für eine Privatstunde. Natürlich wieder mit ihrem Mann. Doch es hatte ihn nicht interessiert. Aus einem tiefen Impuls heraus hatte er sie einfach in den Arm genommen. Nur mit Mühe konnte er sich da wieder herausretten und den beiden etwas von der Perfektionierung des Grundschritts erklären, eine heikle Angelegenheit, denn immerhin waren die beiden längst über den Grundschritt hinaus.

Manuel trocknet sich die letzten Wassertropfen ab und zieht ein Hemd über. Diese erste Stunde hatte ihm ein ziemliches Chaos von Gefühlen beschert. Trotzdem war es am Ende, als sie ihm zum Abschied einen Kuss auf die Wange gab, klar gewesen, dass sie ihren Mann verlassen würde, verlassen musste, weil sie zu ihm gehörte. Ja, es war klar gewesen, zumindest ihm.

Manuel zieht eine Hose an und greift nach den Socken. Einen Augenblick denkt er an die Privatstunde am vergangenen Samstag mit Marita und Paul. Auch Marita ist eine interessante Frau, und gelegentlich spielt sie sehr mit ihrer erotischen Ausstrahlung. Er ist sich sicher, die Angebote, die sie ihm macht, wären nicht zu verachten. In seiner wilden Zeit hätte er sich auch darauf eingelassen, wäre auf das sehnsüchtige Spiel ihrer Augen eingegangen.

Doch seit er nach der Geschichte mit Maleen sein Leben neu geordnet hat, gab es für ihn messerscharfe Grenzen, auch was den Tango anging.

Im Schlafzimmer sucht er nach seinen Schuhen und hofft, Bella würde endlich die Augen aufschlagen. Wenn sie ihn anschauen würde, voller Erwartung, was sie heute frühstücken, was sie tun oder lassen würden, dann könnte er Maleen vielleicht vergessen. Aber Bella schläft noch immer. Er wirft einen letzten Blick auf sie, und weiß, dass sie ihm nicht wird helfen können. Sie versteht nichts von Sehnsucht, sondern ist wie ein Kind, das, verwöhnt vom Leben, immer das bekommt, was es möchte. Sie wird ihn nicht halten können. Das ist einer der Gründe, warum sie dort in seinem Bett liegt, warum sie es überhaupt bis in seine Nähe geschafft hat. Seit einiger Zeit schätzt Manuel es, die Dinge unter Kontrolle zu halten.

Der Kaffee ist bitter, er hat den Zucker vergessen und klirrend fällt ihm der Löffel zu Boden, dazwischen sieht er vor seinem inneren Auge Maleens Lächeln.

Bis zur fünften Privatstunde hatten sie schweigend weitergemacht, ohne an dem Wissen über ihre Gefühle zu rühren. Nach der fünften Privatstunde hatte es ihm nicht mehr genügt, einfach nur mit ihr zu tanzen und ihr und Heiner einmal in der Woche ein paar neue Schritte zu zeigen. Er hatte mehr gewollt, viel mehr, doch er hatte nichts getan. Schließlich kam Maleen immer noch mit ihrem Mann. Oder er mit ihr, das war Heiners Art, um sie zu kämpfen.

Manuel trinkt seinen Kaffee im Stehen und schaut zu Bella, die sich auf seinem Bett herumdreht. Und dann war da noch diese alte Geschichte, die nun schon zehn Jahre zurückliegt. Er denkt ungern an jenen warmen Sommernachmittag, der seine Ansicht über Frauen so maßgeblich geprägt hatte, der ihn gelehrt hatte, niemals wirklich zu vertrauen. Nie würde er die Schmach vergessen, wie ein weggeworfenes Spielzeug um Liebe gebettelt zu haben, auch wenn er damals noch sehr jung gewesen war. Den Duft der fremden Frau hat er bis heute in der Nase und das Bild, wie sie unerreichbar für ihn an seinem Fenster gestanden hatte. Selbst jetzt noch gibt es Augenblicke, in denen er sich durch irgendeine Frau, die zufällig in seiner Tanzschule aufkreuzt, unangenehm daran erinnert fühlt, so wie diese Woche.

Maleen rührte an dieser alten Geschichte. Nie zuvor hatte er sich so in seiner Angst gefangen gefühlt und war gleichzeitig so gefesselt von seiner Lust gewesen, Maleen endlich zu lieben.

Deshalb war er ihr mehr und mehr aus dem Weg gegangen, hatte die Tangostunden abgesagt und jeden Kontakt vermieden, bis sie ihm dann vorschlug: »Wir müssen reden. Im Café Sehnsucht, morgen um 12 Uhr.«

Und er, er hatte zugesagt, zu kommen. Er hatte es ihr in die Augen versprochen, aber er war dann doch nicht hingegangen.

In der Nacht vorher war alles über Manuel zusammengebrochen. Wie ein wildes Tier war sein Gewissen über ihn hergefallen. Er redete sich ein, mit seinem Tanz eine Ehe zerstört zu haben, und eigentlich war das schon schlimm genug. Aber nach einer Flasche Rotwein hatte er sich eingestehen müssen, dass ihm diese Ehe gleichgültig war.

Es war sein Verlangen, Maleen zu besitzen, das ihn

zögern ließ, und seine Angst, sich in Maleen zu verlieren. Er hätte nie damit leben können, ihr zu verfallen, unter ihren Händen weich zu werden, jederzeit, süchtig zu werden nach ihren Lippen, ihren Brüsten, ihrem feuchten Geschlecht und ihren roten Locken auf seiner Schulter.

Manuel hätte nicht damit leben können, dass so etwas wie vor zehn Jahren noch einmal hätte geschehen können. Allein die Vorstellung, Maleen könne wie die andere eines Tages wortlos durch die Türe gehen, brachte ihn fast um den Verstand.

So war ihm am nächsten Morgen nur noch die Flucht geblieben. Wie verrückt geworden, hatte er von dem Augenblick an, in dem er Maleen im Café hatte sitzen lassen, Tango getanzt, hatte mit unzähligen Frauen sein Herz zu betäuben versucht, hatte geraucht und getrunken und sich immer wieder aufs Neue verloren. Er berauschte sich am Duft von fremden, nackten Mösen und hatte gehofft, all die zärtlichen Hände würden Maleens Anblick aus seinem Inneren hinwegstreicheln. Aber so war es nicht gewesen.

Das wilde Leben dagegen hatte ihn schon nach ein paar Wochen an den Abgrund gebracht. Rudolf hatte ihm gekündigt, da er kaum noch in die Tanzschule kam. Und nach einem durchzechten Wochenende war er sogar mitten in Paris gelandet – mit einer Frau, die er nicht kannte und die ihn einfach an einer Tankstelle aufgegabelt hatte. Aber Lina war anders gewesen. Sie hatte keine Ahnung vom Tango und irgendwie hatte ihn das gerettet.

Einen Augenblick erinnert er sich an die gelbe Ente, in der man eigentlich unmöglich nach Paris fahren konnte. Lina tat so etwas trotzdem. Sie war die Einzige, die es mit Maleen hätte aufnehmen können. In ihren Armen hatte er für Sekunden so etwas wie eine sichere Nähe gefunden, aber vielleicht hatte es auch an Paris gelegen. Dennoch, diese alberne Sache mit dem losen Gaspedal hatte ihn aus dem Sumpf gezogen, als er bis zum Hals darin steckte.

Und die Einfachheit, mit der Lina ihn geliebt hatte, war ansteckend gewesen, so dass er sogar Croissantkrümel im Bett wieder schätzen gelernt hatte. Lina hätte er vielleicht lieben können.

Aber dann war die dumme Sache mit dem Handy passiert. Er hatte versucht, Maleen zu erreichen. Bis heute weiß er nicht, warum, aber vielleicht um sich zu entschuldigen, dass er sie sitzen gelassen hatte.

Plötzlich kam Lina aus dem Bad gestürzt und hatte das Gespräch mit angehört. Sie war zutiefst verletzt gewesen. Nie zuvor hatte Manuel solchen Schmerz in den Augen einer Frau gesehen. Aber sie hatte ihm keine Chance der Erklärung gelassen, sondern hatte ihn verlassen, wortlos. Sie war einfach mit ihrer gelben Ente weggefahren. Vor lauter Wut hatte er damals sein Handy aus dem Fenster des Hotels geworfen. Er hatte zwei Mal einen Fehler gemacht und dabei zwei Mal eine Frau verloren.

Stundenlang war er danach durch die Stadt gelaufen, hatte irgendwo im Park gesessen und mal wieder eine Flasche Rotwein getrunken. Er erinnerte sich noch an das Plätschern des Brunnens und die dunkelblaue Dämmerung, die ihm wie der Weltuntergang erschienen war, und an den alten Mann, der plötzlich neben ihm auf der Bank gesessen hatte. Die alte, zittrige Hand hatte auf den Wein gedeutet und gesagt: »Nichts ist so schlimm, mein Junge, dass man nicht wieder auf die Füße kommt. Man darf nur nicht stehen bleiben, dann geht auch das Leben weiter. Denn das Leben ist ein einziger Tanz.«

In jener Nacht war er Tango tanzen gegangen, aber nicht wie früher, um eine Frau kennen zu lernen, sondern um einen Ausweg zu finden. Da hatte er Fernando getroffen.

Sechs Wochen war er dann insgesamt in Paris geblieben, hatte sich von Fernando und anderen Tangolehrern Tag und Nacht unterrichten lassen und täglich acht bis zehn Stunden geübt.

Bei seiner Rückkehr war er ans andere Ende der Stadt gezogen, wo ihn niemand kannte.

Mit allem hatte er neu angefangen. Nur nicht mit dem Tango, und so hatte er seine eigene Tanzschule eröffnet.

Seit ein paar Monaten lief nun alles gut. Eines Tages war dann auch Bella aufgetaucht mit ihren leichten Schritten, die seinen immer zu folgen schienen. Und er hatte geglaubt, dass er so für immer weiterleben könnte. Ja, das hatte er tatsächlich. Bis jetzt.

Manuel greift nach dem Schlüssel und fragt sich, warum er nun in dieses Café geht. Während er die Türe leise hinter sich zuzieht, um das Mädchen nicht zu wecken, kommt ihm ein flüchtiger Gedanke von Glück. Glück, das er empfunden hatte, als Maleen damals mit ihm getanzt hatte, und langsam steigt er die Stufen hinunter.

Maleen ist noch nicht da, aber Manuel ist auch zehn Minuten zu früh, und so steuert er einen Tisch in einer kleinen Nische an. Es riecht nach Apfelstrudel und Vanillesoße, und die blauen Wände machen dem Namen des Cafés alle Ehre.

Die Bedienung, eine junge Frau von zwanzig Jahren mit krausem Pony, schüttelt jedoch den Kopf, als er sich an den Tisch setzen will.

»Manuel Mauberg?« Ihre Stimme hat etwas Strenges, was sie nicht gerade sympathischer macht, und als er nickt, greift sie nach einem Silbertablett, auf dem allerlei Sachen stehen.

»Die Dame hat bestimmt, dass Sie dort drüben sitzen sollen«, sie zeigt auf einen kleinen Tisch am Fenster. »Sie hat gesagt, Sie wüssten schon warum.«

Das Mädchen geht mit dem Tablett zwischen den Tischen hindurch, zückt ein feuchtes Tuch aus dem Gürtel und wischt kurz über die hölzerne Platte, schiebt den Tisch noch ein Stück näher ans Fenster und deutet auf den Stuhl. »Da bitte, sollen Sie sitzen!«

Amüsiert lässt Manuel sich auf den Stuhl fallen und greift nach der Karte. Doch das Mädchen nimmt sie ihm weg und stellt mit ernster Miene, als handle es sich um einen Staatsakt, eine große Tasse dampfenden Kaffee vor seine Nase.

»Aber ich habe doch noch gar nichts bestellt.«

»Mit extra viel Zucker, hat die Dame gesagt, und das Marzipanhörnchen mit Honig.«

Die junge Frau lässt zehn kleine Päckchen Zucker auf den Tisch fallen und stellt den Teller mit dem klebrigen Teilchen ein wenig ruckartig vor ihn hin. Daneben legt sie eine Packung John Player.

»Danke.«

»Hat die Dame alles für Sie bestellt«, sagt sie, und

nimmt vom Nachbartisch den Aschenbecher, den sie auf seinen Tisch stellt. »So, und das möchten Sie bitte lesen!« Sie reicht ihm einen Umschlag. »Die Dame hat gesagt, sie wünscht gute Unterhaltung.«

»Hat die Dame auch gesagt, wann sie kommt?«

»Ja, hat sie, aber erst sollen Sie lesen!« Die Bedienung wendet sich ab. Zwei Tische weiter dreht sie sich jedoch noch einmal um: »Ach ja, sie hat gesagt, Sie wüssten schon, was das alles soll.«

Manuel betrachtet den großen braunen Umschlag und reißt ihn auf.

Eine Menge Papier kommt ihm entgegen, unzählige Seiten in ihrer klaren Handschrift.

Lieber Manuel,
nun sitzt du also an diesem Tisch, genau wie ich vor einem Jahr.
Schau ein wenig hinaus auf die Straße mit ihren Menschen, bevor du das hier liest. Es wird dir helfen, es zu verstehen.
Ich habe lange genug hier gesessen, um zu begreifen, dass es manchmal nötig ist, einfach hinauszutreten aus seinem eigenen Leben, einfach aufzustehen, das Café zu verlassen und auf einer Straße zu gehen, die man noch nie zuvor betreten hat.
Genau dazu hast du mich letztes Jahr gezwungen: Ich musste heraustreten, um zu überleben. Es hat lange gedauert, bis ich damals begriff, dass du nicht kommen würdest, dass du nie mehr kommen würdest, und als ich es begriffen hatte, da war in mir plötzlich alles leer und tot.

Stunde um Stunde habe ich diese Straße betrachtet, habe Menschen gesehen, die fremd und eilig durch ihr Leben hasteten, oder andere, die langsam dahinflanierten. Und immer wieder habe ich mich gefragt, wo und wie ich dort draußen ohne dich leben kann.
Bis zum Abend saß ich an diesem Tisch, dann ging an diesem Fenster ein Mann vorbei. Zuerst ging er, wie all die anderen, die Straße entlang, bis er aufschaute und ich ihn erkannte.
Ich mochte ihn nicht besonders, aber ich wusste, Louis begehrte mich schon seit langem.
Er winkte mich mit einem netten Lächeln hinaus und so tat ich den ersten Schritt in eine andere Richtung, den ersten Schritt fort von dir.
Seine Augen klebten wie froschgrüne Saugnäpfe an mir, und seine Hände, die mich dann und wann berührten, waren zart genug, um mich lebendig zu fühlen.
Für ihn war ich eine Trophäe, und ich hatte zu viel Stolz und zu viel Leben an diesem Tag verloren, um noch Nein sagen zu können.
Das Verbrechen, mich in dir so geirrt zu haben, ließ mich mit Louis gehen. Ich nahm es als Bestrafung an, die das Schicksal mir für meine Naivität verhängte.
Und mit was für einer Ironie, denn Louis war ein guter Freund meines Mannes und als solcher weit weniger von Skrupeln geplagt, was meine Ehe anging, als mein Tangolehrer.

Manuel schnauft leise und zieht die Tasse Kaffee näher zu sich. Mit Schwung reißt er ein paar von den Zuckertüten auf und streut die weißen Körner in die dunkle Flüssigkeit. Er schiebt das Hörnchen von sich. Der Appetit ist ihm vergangen.

Doch er kommt nicht umhin, an das Mädchen zu denken, mit dem er an jenem Nachmittag schlief, um Maleen zu vergessen: eine Französin mit Brüsten hart wie Billardkugeln. Sie tanzte in der Jazzformation und hatte schon lange mit ihm geflirtet. Als er sie angerufen hatte, war sie schnell zur Sache gekommen, hatte ihn zu sich eingeladen, und er war zu ihr gefahren.

Er wusste, dass es nicht richtig war, zu einer Frau zu fahren, die er kaum kannte. Doch die Kleine hatte mit einem Tuch vor den Brüsten, einem Stringtanga aus schwarzem Lack und einem Glas Champagner in der Hand die Tür geöffnet. Da hatte er sich klar gemacht, dass er schließlich bei ihr war, um Maleen zu vergessen, und hatte sie gewähren lassen. Sie hatte ihm befohlen, sich auf den Rücken zu legen, und dann hatte sie ihre Möse exakt von oben herab auf seinen Schwanz platziert. Genüsslich hatte sie ihn geritten, bis ihm schwarz vor Augen geworden war. Ihre Fingernägel waren scharf wie die Krallen einer Katze, sie hatte ihm die Brust blutig gekratzt, und er hatte all das hingenommen.

An jenem Tag hätte ich wahrscheinlich mit jedem Mann geschlafen, nur um zu überleben. Als wir die Stufen zu seiner Wohnung hinaufstiegen, sagte er: »Ich wusste, du würdest es eines Tages tun.« Nur für diesen Satz hätte ich ihm am liebs-

ten ins Gesicht gespuckt. Doch stattdessen öffnete ich stumm und folgsam die Bluse, Knopf für Knopf, und setzte meine rote Spitzenwäsche seinen klebrigen Blicken aus.
»Reiß sie runter«, forderte ich ihn auf und versuchte dabei so sinnlich auszusehen wie irgend möglich, denn ich konnte den Gedanken nicht ertragen, diese Wäsche, die eigentlich für dich und für deine Hände bestimmt war, jemals wieder anzuziehen.
»Das teure Zeug?«, fragte er noch, doch in seinen Augen brannte schon die feurige Gier. Das Tier in Louis war immer schon stärker gewesen, als seine aalglatte, geschäftige Fassade verbergen konnte. Sofort griff er danach, streichelte über meine rosigen Brustspitzen, presste und zupfte sie. Es störte ihn nicht, dass es mir wehtat. Er hielt mein Stöhnen für Lust. So fuhren seine Finger über meinen Bauch, ließen meinen Rock zu Boden fallen und zerrissen die Spitze meines Slips – alles noch vor seiner Wohnungstür.
Dann hob er mich hoch und trug mich wie eine Braut über die Schwelle bis zu seinem Bett. Es war ein französisches Bett mit einem für einen Junggesellen ungewohnt zarten und luftigen Himmel. In diesem Himmelbett verlor ich meine Unschuld, denn ich betrog mich zum ersten Mal selbst.
Seine Schultern waren breiter als deine, und ich hielt mich daran fest, klammerte mich an diese fremden Arme, legte meinen Kopf an die behaarte Brust, deren Duft ich nicht mochte, und ließ mich Stück für Stück zerreißen.

Irgendwann spürte ich seinen harten Schwanz an meiner Möse, und wie er mit schnellen Stößen in mich eindrang. Jeder Stoß dehnte meinen Schmerz aus. Ich weiß, mich dir hinzugeben, wäre etwas völlig anderes gewesen. In deinen Armen wäre alles richtig gewesen, einfach weil es uns verbunden hätte.

Louis bekam nur eine leere Hülle, dennoch versuchte er, sie auszufüllen. Körperlich war das für ihn nicht schwierig: Sein Schwanz war hart, groß und mächtig. Eine Weile bewegte er sich so schnell, dass ich glaubte, nur noch aus diesem brennenden Loch zu bestehen. Und mit jedem weiteren Stoß riss er mich weiter auf und tötete in mir alles ab, bis es mir gleichgültig war, was er mit mir tat. Mein Körper nahm die Berührung an, die Wände der engen Höhle gaben nach und nahmen ihn auf, weil in mir nichts anderes mehr war.

Aber das schien Louis nicht zu genügen. Er wollte noch mehr von mir und rutschte an mir herunter. Seine Lippen waren sanft und feucht, als sie meine Möse berührten, und unter seiner geschickten Wendigkeit begann die Lust in mir größer zu werden als der Schmerz.

Ich fühlte, wie die kleine Perle zwischen meinen Schamlippen anschwoll und das wehmütige Ziehen und Kribbeln in meinem Körper zunahm.

Dann schaute Louis mich an und sagte: »Ich will, dass du ganz mir gehörst.«

Kannst du es glauben? Er sagte wirklich deinen Satz. Den einen Satz, den ich nur von dir hatte hören wollen.

Ich war zu schockiert, um etwas darauf zu antworten, deshalb ließ ich mich willenlos wie ein kleines Tier auf den Bauch drehen. Er schob mir die Beine auseinander und begann den Eingang meiner kleinen Höhle, diesmal von der anderen Seite, zu lecken. Doch dabei blieb es nicht: Langsam wanderte seine Zunge nach oben, von meinem Geschlecht weg zu meinem Hintern, immer höher die Spalte hinauf, und schließlich leckte er meinen Anus wie eine naschhafte Süßigkeit.

Anfangs war ich verwirrt, deshalb ließ ich ihn lecken. Es betäubte mich, ließ mich vergessen, und so streckte ich mich ihm entgegen, ließ zu, dass seine Finger in meine Muschi eindrangen und seine Zunge einen wilden Tanz um das enge Loch vollführte.

Manuel schiebt die Seiten von sich und greift nach den Zigaretten. Er hat seine Streichhölzer vergessen. Er schaut auf. Die Bedienung scheint ihn wohl zu beobachten, denn als er ihr winken will, ist sie schon mit dem Tablett auf dem Weg zu ihm. Wortlos reicht sie ihm eine Schachtel Zündhölzer. Dann schaut sie ihn an und stellt einen doppelten Kognak vor ihn hin.

»Die Dame hat gesagt, ich würde wissen, wann Sie ihn brauchen.«

»So? Hat sie das?« Manuel nimmt das Glas und stürzt den lauwarmen Alkohol hinunter. Schockartig verkrampft sich sein Magen. Manuel schüttelt sich und stellt das leere Glas wieder ab. Wenigstens vertreibt der Kognak für einen Augenblick den bitteren Geschmack auf seiner Zunge.

»Und sie hat auch gesagt, falls Sie aufhören wollen zu lesen, bevor Sie fertig sind, sollte ich Ihnen das hier geben.« Sie reicht ihm einen kleinen rosafarbenen Zettel. »Liebe kann alles, auch verzeihen«, steht darauf.

Manuel betrachtet die geraden Buchstaben und dann das Gesicht des Mädchens. Er zündet sich eine Zigarette an. Der Rauch brennt ihm in der Kehle, und eine Sekunde denkt er darüber nach, das Mädchen zu fragen, ob sie schon mal Analverkehr hatte. Ob sie sich schon einmal auf diese Weise einem Mann hingegeben hat, und was es ihr bedeuten würde. Doch dann schüttelt er den Kopf. So wie die Kleine aussah, würde sie überhaupt nichts verstehen.

Er versteht ja selber nicht viel davon, und die Erinnerung an sein erstes Mal löst immer noch gemischte Gefühle in ihm aus.

In dem Rausch, Maleen zu vergessen, stolperte er in einer Nacht über Alisa. Die Tatsache, dass er heute noch ihren Namen weiß, hängt mit ihrer Art der Erotik zusammen, einer Art, die ihm bis dahin fremd war. Allein die schwarzseidene Bettwäsche schreckte ihn ab, aber Alisa war schon nackt, noch bevor er weiter darüber nachdenken konnte.

Nach ein paar Tangos und noch mehr Rotwein war Manuel mit zu ihr gegangen, und sie hatte gleich gesagt, sie fände Sex nur auf eine Art wirklich toll. Zuerst hatte er darüber gelächelt, denn in jenen Tagen glaubte er, dass ihn nichts mehr beeindrucken konnte.

Doch der Augenblick, in dem sie ihm dann ihren Hintern entgegenstreckte, war einmalig: ihre weiße Haut auf dem seidigen Schwarz der Wäsche, die Bestimmtheit, mit der sie die große Spalte auseinander zog und ihm deutlich sagte: »Nur da, versteht du? Nur da.«

In dieser Sekunde wurde er schlagartig nüchtern, und er kam sich wie ein Schuljunge vor. Sex war gut, Sex mit vielen Frauen war sehr gut, aber Sex mit Alisa schien ihm in jenem Moment eine Nummer zu groß. Er hatte nicht die geringste Ahnung von dem, was sie wollte. Er wusste nur, dass Frauen so etwas nicht mögen, weil es ihnen wehtut.

Doch Alisa ließ ihm keine Zeit, länger darüber zu grübeln. Über ihren Rücken hinweg griff sie einfach nach seinem Schwanz, rieb ihn ein wenig und platzierte ihn geschickt vor ihrem Loch. Dann schaute sie ihn über die Schulter hinweg an und sagte: »Tu es!« Es waren nur diese zwei Worte, doch sie klangen ihm im Ohr wie ein Marschbefehl, der ihn ans Ende oder an den Anfang der Welt schickte. Er war sich da nicht sicher.

Ein oder zwei Sekunden lang zögerte er noch. Dann siegte das Verlangen in ihm. Sein Penis zitterte vor Geilheit, und langsam drückte er sich in das weiche Fleisch hinein, als würde er die Eroberung eines neuen Kontinentes in Angriff nehmen. Stück für Stück glitt er in das enge Loch hinein, und noch jetzt, wenn er es sich vorstellte, konnte er spüren, wie Alisas Körper unter ihm nachgab, alle Anspannung aus ihr wich und sie allmählich geschmeidig wurde.

Eine intensive Wärme umschloss seinen Schwanz, und ließ ihn glauben, in einem heißen, feuchten Paradies förmlich festzustecken. In dieser Sekunde hätte er vor Wonne jauchzen können, und so bewegte er sich langsam in ihr. Ganz langsam glitt er vor und zurück, umklammerte dabei Alisas Hüften und rieb sich in ihrem engen Gang.

Seufzend kam Alisa ihm entgegen, saugte ihn noch tiefer in sich hinein, ließ ihn dann ein klein wenig entweichen, nur um sich wieder stöhnend an ihn zu drücken, so dass sein Schwanz zurück in das dunkle Verlies rutschte.

Es war etwas Animalisches, etwas ungemein Tiefes daran, das Manuel zu fassen versuchte, doch noch während er dieser Spur folgte, überraschte ihn plötzlich und völlig unerwartet seine eigene aufschäumende Lust.

Alisa bewegte sich zwei- oder dreimal, ohne dass er es steuern konnte. Sie presste das Loch zusammen und stammelte immer wieder: »Nicht aufhören, nicht aufhören.« Doch da war es schon zu spät. Der Rausch fegte wie ein Tornado über ihn hinweg, und setzte ihn mit einer ungeschickten Bewegung förmlich vor die Tür.

Alisa heulte auf und giftete ihn mit funkelnden Augen an. »Das wirst du aber noch üben müssen«, zischte sie und griff, ohne mit der Wimper zu zucken, nach einem Plastikpenis auf dem Nachttisch. Als wäre Manuel gar nicht mehr anwesend, schob sie sich das Teil unter wiederholtem Schnurren in den Anus und stellte es auf die höchste Vibrationsstufe ein.

Es war die absurdeste Szene, die Manuel je mit einer Frau im Bett erlebt hatte. Dennoch ließ er es sich nicht nehmen, ihr dabei zuzuschauen, wie ihr ganzer Körper sich diesem zitternden Teil auslieferte, das immer tiefer in dem kleinen, engen Loch versank. Ein, zwei Minuten lang stöhnte sie, rieb den Schwanz in ihrem Hintern auf und nieder, bis er Zeuge eines unglaublichen Orgasmus wurde. Jeder Millimeter dieser Frau war ein einziges Zucken, Beben und Aufkreischen. Vor seinen Augen bäumte sie sich auf, schrie und heulte – dann war sie plötzlich totenstill. Ihre Augen schimmerten matt, und in diesem Moment hätte er gerne wirklich mit ihr geschlafen.

Aber Alisa hatte auch da ihre eigenen Vorstellungen und wies stumm auf die Tür. Später war er froh gewesen, ihr nie wieder begegnet zu sein.

Manuel zieht noch mal an der Zigarette, dann zerdrückt er sie so lange im Aschenbecher, bis nichts mehr davon übrig ist. Maleen so, auf diese Weise mit einem anderen Mann? Er will es einfach nicht wissen. Für ihn ist hier Schluss. Er hätte nicht herkommen sollen.

»Zahlen!«, ruft er und steht auf.

»Sie müssen nichts zahlen«, erwidert das Mädchen.

»Gut, dann kann ich ja gehen.« Manuel ist schon fast an der Türe, als eine dunkle Männerstimme leise zu singen beginnt. Er erkennt die Melodie sofort. Es ist der Tango für Roxanne aus dem Film *Moulin Rouge*. Ihr Lied.

Er hat es in den fünf Unterrichtsstunden immer und immer wieder gespielt. Unzählige Male lag sie bei diesem Tango in seinen Armen. Fast glaubt er ihren Kopf an seiner Schulter zu spüren. Er hat diesen Tango seither nicht mehr gehört.

Widerstrebend bleibt er stehen, unschlüssig, was er nun tun soll. Da bemerkt er, wie der Vorhang hinter der Theke langsam zur Seite geschoben wird. Im Gegenlicht erkennt er einen Schatten, der näher kommt. Sie hat sich nicht verändert, ihre roten Schuhe, das schwarze Kleid, die roten Locken ein wenig zu streng zurückgesteckt für ihr weiches Gesicht. Und sie lächelt ihn an.

»Tanz mit mir«, Maleen reicht ihm die Hand. »Tanz mit mir, bevor du gehst.«

Manuel dreht sich zu ihr hin. Ihre Augen sind genauso samtig wie damals. Es ist nur ein Schritt durch die Tür raus auf die Straße. Er könnte nach Hause gehen, mit Bella kuscheln, könnte am Nachmittag mit ihr spazieren und heute Abend vielleicht ins Kino gehen.

Der süße Duft von Maleens Haaren, der ihn immer an frisches Heu erinnert, liegt in der Luft, und ihr Parfüm, das ihm so vertraut ist.

»Bitte.« Ihre Lippen haben sich kaum bewegt.

Manuel streckt die Hand aus, fühlt ihre Fingerspitzen, und spürt das sanfte Kribbeln auf seiner Haut, wie jedes Mal, wenn er Maleen berührt. Er zieht sie zu sich, und sie schmiegt sich an ihn, folgt ihm in den Grundschritt, tanzt eine leichte Drehung. Ihr Schenkel liegt an seinem Bein, er umfasst ihre Taille fester, zieht sie noch näher an sich, spürt ihr Herz an seiner Brust und erkennt, dass alles, was er will, diese Frau ist.

Als habe Maleen seinen Gedanken erraten, lässt sie ihn los, nimmt ihn stattdessen an der Hand und zieht ihn mit sich hinter den Vorhang. Durch ein bodenlanges Fenster, das in den Hof hinausführt, fällt schimmerndes Sonnenlicht in den kleinen Raum und verfängt sich in ihrem roten Haar. Es riecht nach Rosen und Lilien, die irgendwo draußen in großen Terrakottakübeln blühen, und dieser geheimnisvolle Zauber von Licht und Duft webt einen unsichtbaren Faden, der sie beide umschlingt.

Manuel wagt weder zu sprechen noch wirklich zu

atmen, zu sehr fürchtet er, dies alles könnte wie eine Seifenblase zerplatzen.

Neben dem Fenster steht eine breite Liege. Wortlos zieht Maleen ihn dort hin, zieht ihn mit sich nieder, und ehe er sich's versieht, berühren ihre Lippen seinen Mund. Ihre Zunge dringt zärtlich zwischen seinen Zähnen hindurch, berührt seine Zunge, beginnt einen Reigen, ein süßes Duell, in dem mal sie ihn umschlingt, mal er sie.

Seine Hand gleitet über ihre Brüste, umschließt sie, hält sie fest, fühlt wieder ihren Herzschlag, der nun schneller geht, während seine Lippen immer noch nicht genug von ihren bekommen. Er kann einfach nicht aufhören, sie zu küssen, verschlingt ihren Mund, leckt und saugt an ihrer Zunge, bis sie sich leicht wegdreht und seinen Hals mit den Lippen liebkost.

Manuel verliert sein Hemd, seine Hose, hört Schritte auf dem Hof und wie hinter ihnen geräuschvoll der Vorhang zugezogen wird, doch das alles ist unwichtig.

Maleens nackte Brüste sind weich. Sie passen in seine Hand, als gehörten sie für alle Zeit dorthin. Er schiebt ihr das Kleid herunter, streicht über ihre nackte Haut, sieht das dunkle Dreieck und küsst ihre Möse. Seine Zunge fährt tief in die Spalte hinab, leckt den feuchten Schleim auf, kehrt wieder zurück zu der kleinen Knospe und umspielt sie, wie er zuvor Maleens Zunge liebkost hat. Er fühlt, wie sie nach seinem Schwanz greift und ihre Finger ihn fest umschließen. Sein Penis richtet sich auf und drängt gegen ihre Pforte. Bereitwillig gibt das nasse Loch nach, und mit einem leisen Seufzer biegt sich Maleen ihm entgegen.

Eine Welle heißer Gier durchfährt seinen Schwanz,

und er hat das Gefühl, ganz in sie hineinkriechen zu wollen, immer tiefer. Mit sanften Stößen treibt er ihr seinen Schwanz in den Körper, spürt ihr Zittern, sieht den glänzenden Schimmer ihrer Haut…

Er hält inne.

Für einen Augenblick sieht er sich selbst wieder, an jenem fernen Sommernachmittag, sieht sich selbst als kleiner Junge und auch die Frau, die er liebt. Zum ersten Mal kann er sich verzeihen, zum ersten Mal kann er das, was damals geschah, wirklich akzeptieren. Eine sanfte Wärme durchströmt ihn, und er umschließt Maleen mit seinen Armen, hält sie an sich gedrückt, hält sich an ihr fest wie ein Junge, der nun endlich erkennt, dass er längst schon ein Mann geworden ist.

Und wie um sich selbst zu bestätigen, bewegt Manuel sich nun schneller in Maleens nasser Möse, reibt sich an ihren heißen Wänden, quetscht seine Finger zwischen die Körper und spielt an ihrer geschwollenen Knospe.

Maleen beginnt zu stöhnen. Ihr Körper windet sich leicht, stößt ihm entgegen, dann plötzlich hört sie auf, schaut ihn an und sagt: »Ich will dich ganz.«

Einen Augenblick lang versteht Manuel nicht, was sie will. Als sie sich aber von ihm löst und sich auf den Bauch legt, fällt ihm das Manuskript ein. Sie streckt ihm die große Spalte entgegen und hält sie mit beiden Händen auseinander.

Manuel muss an den Mann denken, der sie hier schon genommen hat, und dann sieht er Alisa in ihrer wilden Ekstase vor sich, und die Vorstellung, dass Maleen so einem anderen Mann gehört hat, verbindet seine Lust mit einem einsamen Schmerz, der ihm die Kehle zuschnürt.

Doch dann greift Maleen, genau wie Alisa damals, nach seinem Schwanz und drückt ihn sich langsam in den Körper. Er kann ihre Schmerzen fühlen, die Widerstände, kann die Hitze fühlen, und die kochende Enge treibt ihn fast zum Wahnsinn. Ihr Körper gibt schließlich nach, und er kann sich bewegen, kann vor- und zurückgleiten und sich tief in sie hineinbohren bis zum Ende.

»Ich will dich ganz«, flüstert Maleen noch ein Mal, und Manuel weiß jetzt, dass sie ihm gehört, ihm allein und für immer. Seine Stöße werden schneller. Gierig umklammert er ihren Hintern, ihre Hüften und greift nach ihren Brüsten. Er hört ihr Stöhnen, während seine Finger die süße Perle quetschen und über ihre Möse reiben.

Da bäumt Maleen sich unter ihm auf, krallt ihre Hände in die Kissen, und während seine Finger weiterhin über ihre zuckende Klitoris jagen, spürt er, wie alles in ihm loslässt, und er schießt seinen heißen Saft mit einem gewaltigen Stoß in Maleens Hintern.

Es dämmert bereits, als Manuel auf der Liege erwacht. Die Decke, unter der er liegt, ist warm und weich und lässt ihn noch einen Augenblick weiterträumen. Warum hat er nur solch eine Angst gehabt, warum ist er vor etwas fortgelaufen, was zu ihm gehört? Nie war er sich so sicher wie jetzt. Er würde es Bella erklären. Sie ist jung genug, um es nicht allzu schwer zu nehmen.

Als er die Augen aufschlägt, sieht er, dass die Terrassentür geschlossen ist. Er ist allein.

Nur Maleens Duft liegt noch in der Luft, vermischt sich mit dem Geruch von süßem Tee, Apfelstrudel und Vanillesoße. Er hört die Geräusche des Cafés, Lachen und Tassenklirren, und er spürt deutlich, dass er heute noch nichts gegessen hat. Er will Maleen sehen und sie in die Arme nehmen. Wahrscheinlich sitzt sie nebenan und trinkt einen Kakao.

Als Manuel aufsteht, fällt ein rosa Zettel vor seine Füße.

Das Leben kennt nicht nur einen Tango und nicht nur eine Sehnsucht, das weiß ich heute.
Vielleicht hättest du es verstanden, vielleicht hättest du mich verstanden, wenn du den Mut gehabt hättest, den Text zu Ende zu lesen.
Vielleicht hätte ich dann bei dir bleiben können.
Aber so?
Adieu, und alles Gute für Dich.